Lene Kaaberbøl

WILDHEXE

Das Versprechen

WILDHEXE

1 EIN FLIEGENDER SPÜRHUND

Ich lag auf dem Rücken im Sand und blinzelte in den dunstigen blauen Himmel. Es war Morgen, die Papageien krächzten in den Bäumen und waren lauter als ein ganzer Schulhof unmittelbar vor dem Klingeln. Ich wusste nur zu gut, dass ich aufstehen sollte – besser gesagt, dass ich schon bald aufstehen musste – aber im Augenblick war es einfach nur schön, hier zu liegen. Die Arme und Beine auszuruhen, die noch völlig fertig vom Klettern, Springen, Rennen, Kriechen und Kämpfen waren, und an absolut nichts zu denken außer an Sand, Sonne und blauen Himmel.

Da entdeckte ich ihn. Einen riesigen Vogel mit mächtigen Schwingen. Langsam kreiste er im Aufwind, mit jeder Runde ein wenig tiefer, und neben seiner enormen Spannweite wirkten die Papageien wie kleine bunte Spatzenküken.

War das ein Adler? Ich wusste nicht, welche Vogelarten man hier auf Kahlas Insel normalerweise zu Gesicht bekam.

Nein, das war wohl doch kein Adler. Sein Hals war zu lang, oder? Ich kniff die Augen ein wenig zusammen, um den Vogel gegen die Sonne besser sehen zu können. Er sank noch ein paar Meter tiefer und langsam war er so nah, dass ich ein bisschen unruhig wurde. Er war so groß … und auch wenn Raubvögel nur selten Menschen angriffen, dieser hier …

Eins der Rabenküken stieß ein erschrockenes *Krahh* aus; ob es Arkus' Wildfreundin Erya war oder das andere, der kleine Rabenjunge, konnte ich nicht heraushören, aber Arkus murmelte beruhigend auf die beiden ein.

Ich wollte mich gerade aufsetzen, als der riesige Vogel nach unten schoss. Er landete direkt vor mir im Sand und machte ein paar plumpe Schritte auf mich zu. Die Haut um seine Augen war seltsam runzlig und rosa, und abgesehen von dem kräftigen gelben Schnabel erinnerte er ein bisschen an einen schlecht gelaunten alten Mann. Seine boshaften Augen schimmerten dunkelrot und überall an seinem Kopf, besonders rund um den Schnabel, klebte trockenes Blut in den Federn.

»**Hau ab!**«, rief ich automatisch und hob die Hände, um mein Gesicht zu schützen, aber schon im selben Moment spürte ich einen stechenden Schmerz im Unterarm. Der süßlich-faulige Geruch des Vogels strömte mir entgegen und ich bekam einen kräftigen Hieb ab, als er ein paarmal mit den Flügeln schlug, aufflog und, so schnell er konnte, über das Meer verschwand.

»Aua!«

Direkt unter meinem Ellenbogen klaffte ein Loch. Ein tiefes Loch, in das man einen Finger hätte stecken können, wenn man gewollt hätte. Ich wollte nicht. Ich saß nur dumm da und starrte die Wunde an. Dann fing sie an zu pochen. Blut quoll hervor und rann meinen Arm herunter.

»Oh nein«, jammerte Nichts erschrocken. »Was ist passiert?«

Kahla stand auf. »Das war ein Geier«, sagte sie. »Ein Gänsegeier, glaube ich.«

Bäh. Es war schlimm genug, von einem Vogel gehackt worden zu sein, den ich für einen Adler gehalten hatte, aber von einem

Geier … einem Aasfresser, der seinen Schnabel benutzte, um in halb verwesten Eingeweiden zu wühlen … bääääääh.

»Er … er hat mich gebissen«, sagte ich.

Oscar betrachtete das Blut – viel zu gelassen, wie ich fand.

»Das Loch ist krass tief«, sagte er. »Man kann deine Sehnen sehen …«

Inzwischen tat es wirklich weh.

»Kahla«, bat ich. »Könntest du vielleicht …« Mir wurde langsam schwummrig. Ein Geier. Ekelhaft!

Kahla nahm mein Handgelenk und fing an zu singen. Ich bildete mir ein, richtiggehend sehen zu können, wie der Blutstrom langsamer wurde und schließlich eintrocknete. Die Wunde schloss sich ein wenig – wenn auch nicht ganz. Aber das wäre wohl sogar von einer talentierten Wildhexe wie Kahla zu viel verlangt gewesen.

»Auswaschen«, sagte sie und zeigte auf die Wellen, die sanft an den Strand schwappten.

»Im Meerwasser? Das brennt doch wie …«

»Salzwasser wirkt entzündungshemmend«, fiel sie mir ins Wort. »Tu einfach, was ich dir sage!«

Ich watete ein paar Meter ins Meer hinein und streckte zögernd den Arm ins Wasser. Es brannte wie Feuer und ich musste mich wirklich mächtig auf die ganzen fiesen Geierbakterien konzentrieren, die das Salzwasser wegschwemmen sollte.

»Ich dachte, Geier würden keine lebenden Menschen angreifen«, sagte Oscar. »Ob er dich für tot gehalten hat? Schließlich lagst du sehr still …«

»Ich hatte mich doch aufgesetzt! Also kann er mich wohl kaum mit Aas verwechselt haben!«

»Gänsegeier fliegen nicht gerne übers Wasser«, sagte Kahla

nachdenklich. »Aber trotzdem ist er direkt aufs Meer hinausgeflogen, als er abgehauen ist. Außerdem ... Geier halten sich eigentlich meistens im Gebirge auf. Irgendetwas an dieser Sache ist faul ...«

»Glaubst du, es war ein Sklaventier?« Oder, genauer gesagt, ein Sklavenvogel. Ein Lebewesen, das seines freien Willens beraubt war. Genau wie die Schlangen, die sich Kahlas Mutter zu ihren Untergebenen gemacht hatte – bis sich diese schließlich gegen Lamia zur Wehr setzten und sie töteten.

»Vielleicht.«

Aber wer würde so etwas tun? Jetzt, da Lamia tot war, fiel mir nur eine einzige Wildhexe ein, die auf so eine Idee kommen konnte.

»Blutsschwester?«

»Woher soll ich das wissen?«, knurrte Kahla gereizt. »Ich habe keine Ahnung, was die bösen Wildhexen dieser Welt so treiben. Nur weil meine Mutter ... nur weil meine Mutter ...« Sie stockte. Ich konnte sehen, wie ihre Schultern bebten, und wusste, dass sie gegen die Tränen kämpfte.

»So habe ich es doch gar nicht gemeint«, sagte ich leise. »Du bist nur ... so viel besser als wir anderen. Oder zumindest als ich. Du weißt viel mehr.«

Sie bekam sich wieder unter Kontrolle und schenkte mir wenigstens ein schmales, trauriges Lächeln.

»Tut es noch weh?«, fragte sie.

Das tat es, aber das Salzwasser brannte nicht mehr ganz so stark und ich fühlte mich jetzt wenigstens weniger schmutzig.

»Es ist nicht so schlimm«, sagte ich. »Aber ich sollte mir vielleicht etwas suchen, das ich als Verband benutzen kann.«

Schweigend reichte Kahla mir eines der Seidentücher, die zu

dem »Prinzessinnen-Kostüm« gehörten, das ihre Mutter für angemessen gehalten hatte.

»Geier haben einen sehr ausgeprägten Geruchssinn«, sagte sie. »Sie können zwischen frischen Kadavern und verwesten Leichen unterscheiden und sie können sie über viele Kilometer hinweg wittern.«

»He – das wusste ich!«, sagte Oscar plötzlich und strahlte vor Begeisterung. »In manchen Ländern setzt man Geier ein, um Lecks in diesen langen transkontinentalen Gasleitungen aufzuspüren.«

Es war lustig, ein Erwachsenen-Wort wie *transkontinental* aus Oscars Mund zu hören, aber manchmal wusste er wirklich die seltsamsten Dinge.

»Woher weißt du das denn?«, fragte ich. »Und wie soll das gehen?«

»Man fügt ein Gas hinzu, das nach Aas riecht, und wartet einfach ab, wo die Geier kreisen. Ich habe mal eine Sendung über Tiere mit ungewöhnlichen Jobs gesehen. Wusstest du, dass man Frettchen nutzt, um Kabel durch lange Rohre zu ziehen, zum Beispiel unter Fußballplätzen?«

»Nein«, sagte ich abwesend. »Aber warum ist das so wichtig? Also nicht das mit den Frettchen, aber das mit dem guten Geruchssinn von Geiern?« Für mich kam das ein bisschen überraschend. Man denkt ja nicht unbedingt zuerst an Vögel, wenn es ums Riechen geht. Sie haben schließlich Schnäbel und keine Nasen.

Kahla starrte aufs Meer. Der Geier war natürlich schon lange weg, aber trotzdem hielt sie noch nach ihm Ausschau.

»Wenn du einen Spürhund brauchen würdest«, sagte sie, »einen, der ein riesiges Gebiet in kürzester Zeit absuchen kann …«

»Deshalb nehmen sie ja Geier für diese Sache mit den transkontinentalen Leitungen«, sagte Oscar, immer noch total im Nerd-Modus.

»Ein Geier-Spürhund?«, fragte ich und spürte einen eisigen Schauer, der absolut nichts mit dem Wetter zu tun hatte. Hier herrschten mindestens dreißig Grad.

»Oh nein«, sagte Nichts. »Jemand sucht uns.« Sie warf einen Blick auf meinen Arm, wo sich ein blutiger Fleck auf dem Seidentuch gebildet hatte. »Jemand, der uns nicht mag!«

Arkus hatte bislang noch gar nichts gesagt – er war oft so still, dass man beinahe vergaß, dass er da war. Aber jetzt richtete er sich auf.

»Wir müssen die Raben zurück in den Rabenkessel bringen«, sagte er. »Sie sind hier nicht sicher.«

Ich befühlte vorsichtig meinen Arm und dachte, dass wir anderen das auch nicht waren.

2 BLUTGAS

Ich hätte ein bisschen Badeurlaub wirklich gut gebrauchen können«, murmelte ich vor mich hin, während wir unsere Sachen zusammenpackten und uns zum Aufbruch bereit machten. Eine Woche hier am Strand und nichts anderes zu tun, als im Schatten der Palmen zu liegen, reife Mangos zu essen, Kokosmilch zu schlürfen und in das türkisblaue Wasser zu springen, wann immer ich Lust dazu hatte. Wieso hatte Kahla mich eigentlich noch nie zu sich nach Hause eingeladen? Ich hatte ja keine Ahnung, dass sie an einem Ort wohnte, der aussah, als wäre er einem Ferienkatalog für Karibikurlaube entnommen.

Bestimmt war ihr Vater dagegen gewesen. Ich dachte an die vielen Jahre, in denen es ihm gelungen war, Kahla zu verheimlichen, wie – und wo – ihre Mutter in Wirklichkeit war. All die Jahre, in denen er Lamia in dem Labyrinth gefangen gehalten und unschädlich gemacht hatte, während Kahla glaubte, sie wäre »verschwunden«. Er war sicher nicht scharf darauf gewesen, dass eine fremde neugierige Hexenschülerin auf der Insel herumrannte.

Ob Tante Isa und der restliche Hexenkreis wohl davon gewusst hatten? Hatte sich Tante Isa etwa deshalb dazu bereit erklärt, Kahla zu unterrichten? Damit sie lernen konnte, was es hieß, eine richtige Wildhexe zu sein: Sich um die Wilde Welt zu kümmern, ohne diese auszunutzen. Niemals zu nehmen, ohne zu geben. Das war ein Wildhexen-Gesetz, das Lamia ganz sicher nie verstanden hatte.

Ich warf Kahla einen verstohlenen Blick zu. Sie hatte das Prinzessinnen-Kostüm bereits unter mehreren leuchtend bunten Wollschichten begraben und noch mehr Reisekleidung in ihren Rucksack gepackt. Jetzt stand sie ein wenig abseits und blickte zu dem leeren Haus hinüber. Sie sah aus wie jemand, der ganz dringend eine Umarmung gebrauchen konnte – auch wenn sie nicht zu der Sorte Mensch gehörte, die andere umarmte und Küsschen verteilte.

Oscar kam mir zuvor. Also nicht in dem Sinn, dass er sich auf sie stürzte und sie in seine starken Arme nahm, so à la Kitschroman. Er drückte nur kurz ihre Schulter.

»Alles okay?«, fragte er leise.

Sie nickte kurz und knapp, zwei Mal, mehr nicht. In Kahlas Sprache bedeutete das: »Nein, es ist nicht alles okay, aber ich will gerne so tun, als ob.« Ich glaube, Oscar fasste es ganz genau so auf, denn er klopfte ihr nur aufmunternd auf die Schulter und nahm ihr den Rucksack ab. Sie warf auch ihm ein trauriges, kleines Lächeln zu.

Oscar war *mein* bester Freund, aber es wäre wirklich kleinlich gewesen, jetzt eifersüchtig zu werden. In diesem Augenblick hatte Kahla niemanden auf der Welt außer uns beiden. Ihre Mutter war tot und ihr Vater momentan nicht weit davon entfernt. Wenn wir Erya und den kleinen Rabenjungen nicht zurück in den Rabenkessel brachten, war der Tod für Meister Millaconda, Tante Isa und den restlichen Hexenkreis – Shanaia, Frau Pomeranze und Herrn Malkin – unausweichlich. Nur mithilfe der Rabenküken konnten die Rabenmütter sie aus der erstarrten

Sekunde befreien, in der sie gefangen waren, bevor ihre Lebenskraft ganz erlosch.

Und außerdem waren wir ja kein Liebespaar, Oscar und ich. Ob man wohl damit klarkommen konnte, wenn der beste Freund und die einzige Wildhexen-Freundin, die man hatte, ziemlich offensichtlich im Begriff waren, sich ineinander zu verknallen? Katerchen nutzte den Moment, um mich anzuspringen, sich festzukrallen und auf meine Schulter zu klettern. Er schüttelte sein Fell nach Katzenmanier und Sand stob in alle Richtungen. Ich kniff schnell die Augen zu und merkte, wie mir kleine, kratzende Sandkörner unter den Pullover rieselten. Er rieb seinen Kopf an meine Wange und schnurrte wie eine Nähmaschine.

Meine. Meine, meine, meine.

»Ja, ja«, murmelte ich. »Ich hab's kapiert.« Ich kraulte ihn ein bisschen mit dem Daumen hinter dem Ohr, genau da, wo er es am liebsten hatte.

»Sind wir so weit?«, fragte ich. »Kahla, würdest du …« Denn Kahla beherrschte die Sache mit den Wilden Wegen immer noch am besten von uns.

Sie nickte.

»Vielleicht sollten wir uns an den Händen halten«, piepste Nichts. »Falls wieder ein Rabensturm aufzieht …?«

Nichts hatte keine Hände, aber niemand war so taktlos, sie darauf hinzuweisen.

»Das ist bestimmt eine gute Idee«, antwortete ich. Ich überredete das widerstrebende Katerchen, unter meinen Pulli zu kriechen – noch mehr reibender, kratzender Sand –, und Nichts nahm ihren neuen Stammplatz oben auf meinem Rucksack ein. Oscar, Kahla, Arkus und ich hielten uns an den Händen. Kahla schloss die Augen und summte ein paar einleitende Wildgesangstöne.

»Okay«, sagte sie. »Hier entlang …«

Sofort begannen die Nebel, sich zu sammeln. Im einen Moment waren wir noch am Sandstrand, im nächsten …

… lief irgendetwas total schief.

Die Nebel schlossen sich dicht um uns. Obwohl ich wusste, dass Kahla direkt vor mir war, konnte ich sie nicht sehen. Ich spürte Oscars Hand und sah die Umrisse seiner vertrauten Gestalt. Arkus' Finger klammerten sich nervös um meine. Aber darüber hinaus war ich so gut wie blind. Und die Nebel …

»Es ist warm …«, sagte Oscar. »Ist das sonst auch so?«

Warm war es auch gewesen, bevor der Rabensturm auf den Wilden Wegen tobte, um jeden erwachsenen Raben im Rabenkessel zu töten.

»Kahla«, rief ich. »Wir müssen hier raus …«

Ich hörte einen entfernten Knall und plötzlich wurde mir bewusst, dass der Nebel um mich herum nicht länger grau war, sondern dunkelrot glühte, wie altes Blut. Ich hörte Kahla husten und kurz darauf spürte ich es auch: ein heftiges Brennen in Augen und Lunge, ein Gefühl, wie von ätzenden Dämpfen verbrüht zu werden. Ich hustete krampfhaft und mein Zwerchfell zog sich zusammen. Was war hier los?

»Gas«, japste Oscar. »Kahla … *weg hier*!«

Er straffte den Griff um meine Hand und ich tat dasselbe bei Arkus. Es gab einen gewaltigen Ruck und dann taumelten wir aus dem Nebel. Ich knallte mit dem Schienbein gegen irgendetwas Hartes, stolperte und musste Oscars Hand loslassen. Katerchen fauchte und krallte sich so tief in meine Haut hinein, dass ich später acht kleine, aber tiefe Kratzer entdeckte. Ich konnte immer noch nichts sehen, Tränen liefen mir die Wangen hinunter und vernebelten mir die Sicht, ich hustete und krächzte. Als ich mit der freien Hand die Tränen wegwischen wollte, wurde es nur noch schlimmer, weil die heißen blutroten Dämpfe noch immer an meiner Haut klebten. Ich war wirklich dankbar, als ein schwerer, dichter Regenschauer meine Haare und meine Kleider in Sekundenschnelle durchnässte. Ich merkte, wie er den ätzenden Film von der Haut abspülte, und drehte mein Gesicht nach oben, versuchte, die Augen offen zu halten, damit das Regenwasser das schreckliche Brennen lindern konnte, das die Tränen nur so strömen ließ.

So blieb ich minutenlang stehen, bis mein Sehvermögen langsam zurückkehrte.

Um uns herum war es dunkel, nicht pechschwarz weit-draußen-auf-dem-Land-dunkel, sondern eher so stadtdunkel mit Straßenbeleuchtung. Den pochenden Schmerz in meinem Schienbein hatte ich einer Parkbank zu verdanken – einer gewöhnlichen grünen Bank aus Eisen und Plastik. Für einen kurzen Moment überkam mich ein seltsam traumartiges Gefühl, exakt dort gelandet zu sein, wo ich herkam. Aber auch wenn es auf den ersten Blick fast ein bisschen so aussah, war das hier nicht der Stjernepark. Hier wuchsen ganz andere Blumen und Bäume. Die Fuchsien-Sträucher hinter der Bank waren meterhoch und urwaldartig, und in den gepflegten Beeten verströmten große weiße trompetenförmige Blüten einen intensiven süßlichen Duft, der in diesem Moment, in Kombination mit dem Gas, eher übelkeitserregend als angenehm war. In einem hohen Baum, hinter einem blassen Grünstreifen auf der anderen Seite des Weges, saßen vier winzige Äffchen und starrten uns mit riesengroßen Augen an.

Nein, wir waren ganz sicher nicht zu Hause. Und auch nicht wesentlich näher am Rabenkessel, wie ich feststellte. Aber wo waren wir dann? Und was war mit den Wilden Wegen passiert?

»Hatschiiiii. Oh nein. Haaaatschiiiiiii. Hrrrk. Was war das für ein schreckliches … *Zeug*?«, jammerte Nichts. Wie kleine Scheibenwischer zuckten ihre Flügel hin und her, nicht weil sie versuchte zu fliegen, sondern weil sie die ganze Zeit den Drang unterdrückte, sich mit den Federn über die Augen zu reiben.

»Breite deine Flügel aus, damit der Regen sie besser reinigen kann«, schlug ich vor.

Sie tat, wie ich gesagt hatte, aber ihre Flügel zitterten immer noch verkrampft und selbst hier im Licht der Straßenlaternen konnte ich sehen, dass ihre Augen ganz rot und verquollen waren. Ob es meine wohl auch so übel erwischt hatte?

»Das war irgendein Gas«, sagte Oscar, der ebenfalls alles andere als gut aussah. Tränen und Regen rannen über sein sommersprossiges Gesicht. »Fast wie ein … Blutgas.«

Katerchen kämpfte sich fauchend aus meinem Pullover und rannte den Weg hinunter. Er schüttelte seinen Kopf und fand den Regen bestimmt nicht toll, aber davon abgesehen schien es ihm gut zu gehen.

»Die Raben«, platzte ich heraus. »Arkus, ist ihnen etwas passiert?«

»Nein«, sagte er heiser. »Ich glaube, mein Hemd hat sie beschützt. Jedenfalls einigermaßen.«

Im Großen und Ganzen schienen die Tiere glimpflicher davongekommen zu sein als die Menschen.

»Kahla«, sagte ich. »Wo sind wir?«

»Ich weiß es nicht«, sagte sie. »Ich … ich habe einfach nur versucht, irgendwie *raus*zukommen.«

Dagegen gab es eigentlich nichts einzuwenden und ich war froh, dass es ihr gelungen war. Es lief mir eiskalt den Rücken hinunter, als ich darüber nachdachte, wie schief das hätte gehen können. Das Wichtigste und Schwierigste an den Wilden Wegen war, sich auf das Ziel zu konzentrieren, das man erreichen wollte. Sich nicht zu verirren. Sonst kam man entweder nie wieder raus – so waren Shanaias Eltern gestorben –, oder aber man lief Gefahr, an einem völlig verkehrten Ort zu landen: zwanzig Meter unter der Meeresoberfläche zum Beispiel.

Schon möglich, dass wir uns mitten in einem tropischen Regenschauer befanden, in einer Stadt, von der wir nicht mal ahnten, in welchem Land sie lag, durchnässt, gasgeschädigt und sehr weit von unserem Ziel entfernt, doch wir hatten Glück gehabt.

Wir lebten noch.

3 DIE NÄCHSTGELEGENE WILDHEXE

Damit werden wir nicht weit kommen«, sagte Oscar niedergeschlagen und betrachtete unser gesammeltes Bargeld. »Und davon abgesehen gilt hier garantiert eine andere Währung.«

»Dafür bekommt man ja nicht mal eine Pizza«, seufzte ich. Wir hatten Futter für die Rabenküken mitgenommen, aber kein Essen für uns. Wir hatten damit gerechnet, innerhalb einer Stunde anzukommen.

Ich wünschte, ich hätte das Wort »Pizza« nicht ausgesprochen. Jetzt, da sich die Übelkeit gelegt hatte, war ich unglaublich hungrig. Ich konnte dieses Gefühl absolut nicht leiden, weil es mich zu sehr an Blutsschwesters Wiederkommer-Hunger erinnerte, den ich damals am eigenen Leib spüren musste. Ich wusste immer noch nur zu gut, wie sich diese überwältigende Gier anfühlte, die mich fast dazu gebracht hätte, einen Wurf neugeborener Dachse zu fressen.

»Das mache ich nicht mehr mit«, sagte Kahla. »Nie wieder.«

Meine schmerzenden Augen gaben ihr recht. Nie wieder.

»Wo kam denn dieses Gas her?«, fragte Nichts. »War das …?«

»Blutsschwester«, sagte ich ohne den leisesten Zweifel. »Das ist ihr Werk. Ich glaube, sie will verhindern, dass wir den Rabenkessel erreichen.«

»Woher willst du das wissen?«, fragte Oscar.

»Es … *riecht* nach ihr. Und wer sonst würde so etwas tun? Oder wäre dazu überhaupt in der Lage?«

»Du denkst also, das Gas war magisch? Von einer Wildhexe hergestellt?« Er sah skeptisch aus.

»Wieso denn nicht?«

»Na ja … es ist nur so … also, Gas ist ja sozusagen … chemisch. $C_{10}H_5CIN_2$ und so.«

»Was ist das?«, fragte ich.

»Die chemische Formel für Tränengas.«

Genau das meine ich: Manchmal weiß Oscar die merkwürdigsten Dinge, besonders wenn es um Waffen und solchen Kram geht.

»Sie *war* es«, sagte ich fest. »Ich weiß es einfach.«

»Ich sage ja auch nicht, dass sie es nicht war. Nur … ich kann mir nicht vorstellen, wie sie es gemacht haben soll. Sie ist schließlich nicht der Typ, der sich mit einer Ladung Gasgranaten auf die Lauer legt, oder?«

Ich war hungrig und müde, meine Augen brannten und ich hatte Schmerzen in meinem Arm, aus dem der Geier sich seinen Happen Fleisch geholt hatte. Die Wunde brannte so sehr, dass ich den Verband hastig abmachte. Das half, denn der Regen kühlte und linderte den Schmerz. Tatsächlich hätte ich große Lust gehabt, mir alle Kleider vom Leib zu reißen und mir eine ausgiebige Regendusche zu genehmigen; dieses kribbelnde, juckende Gasgefühl wollte einfach nicht verschwinden und das machte mich ziemlich reizbar.

»Ich habe keine Ahnung, wie sie es macht«, sagte ich sauer. »Aber im Augenblick ist mir das auch völlig egal. Hat einer von euch einen Vorschlag, wie es jetzt weitergehen soll?«

Ich blickte in die Runde. Wir ähnelten einem Trüppchen ertrunkener Mäuse – vor allem Eisenherz, der ja mehr oder weniger eine Maus *war*, oder eben ein Siebenschläfer. Er saß auf Oscars Schulter und putzte sich Schnäuzchen und Schnurrhaare mit beiden Vorderpfoten gleichzeitig. Es war merkwürdig. Hätte ich wetten sollen, welches Tier Oscars Wildfreund werden könnte, hätte ich wohl kaum auf Eisenherz getippt. Auf einen Hund vielleicht, aber auf jeden Fall auf ein größeres, mutigeres Tier. Und dennoch … Tante Isa hatte einmal gesagt, dass man am besten einen Wildfreund haben sollte, der einem nicht zu ähnlich war, damit Mensch und Tier voneinander lernen konnten. Oscar war schon im Voraus mutig genug, also sollte Eisenherz ihm womöglich etwas anderes beibringen – Gefahren ernst zu nehmen zum Beispiel?

»Wir brauchen Hilfe«, sagte Kahla.

»Ja«, antwortete ich. »Aber woher?«

»Wir müssen die nächstbeste Wildhexe finden«, sagte sie. »Und darauf hoffen, dass sie uns einigermaßen freundlich gesonnen ist.«

»Schön und gut«, sagte ich. »Und wie genau sollen wir das anstellen?« Mein Geduldsfaden war ungefähr genauso angespannt wie meine brennende Haut.

Kahla biss sich auf die Lippe. Dann breitete sich ein kleines, regennasses Lächeln auf ihrem Gesicht aus. Sie zeigte auf die Affen im Baum gegenüber.

»Wir fragen einen Einheimischen«, sagte sie.

»Bist du dir sicher, dass wir hier richtig sind?«, fragte ich.

Der Affe starrte mich mit seinen überdimensional großen Augen an. Kahla hatte gesagt, er wäre ein Koboldmaki, und ich fand diesen Namen eigentlich ziemlich passend. Er war nicht viel größer als ein durchschnittlicher Hamster, hatte aber seltsam lange knochige Kletterhände und -Füße, einen kugelrunden Kopf mit einer winzig kleinen Nase und fledermausartige Ohren. Davon abgesehen bestand sein Gesicht eigentlich nur aus Augen – riesengroßen goldenen Kulleraugen mit Pupillen, klein wie schwarze Stecknadelköpfe.

Obwohl Kahla die einleitenden Verhandlungen übernommen hatte, waren es meine Haare und mein Hals, an die sich das Äffchen klammerte. Ich glaube, der Gedanke, Kahlas Schlangen-Wildfreundin Saga zu nahe zu kommen, hatte ihm nicht so recht behagt. Mir kam es eher vor, als säße ein Vogel auf meiner Schulter, so winzig war der Koboldmaki.

Er antwortete nicht direkt mit »Ja« auf meine Frage, ich spürte nur, dass eine gewisse Ungeduld von ihm ausging.

Aber ich fand, dass das Haus, vor dem wir inzwischen angekommen waren, gar nicht wie das einer Wildhexe aussah. Ich weiß nicht, wie ich mir die typische Wildhexenbehausung in diesen Breiten vorgestellt hatte – vielleicht wie eine Hütte mit einem Dach aus Palmwedeln und einer Veranda? Das Gebäude vor uns war keine Hütte. Es war ein großer weißer Betonklotz mit Gitterstäben vor den Fenstern, umgeben von einer gepflegten symmetrischen Gartenanlage, wo nichts höher wachsen durfte als vierzig Zentimeter, bevor es getrimmt, gekürzt und fast zu Tode beschnitten wurde. Das Haus war von einem schwarz lackierten Gitterzaun umgeben und am Tor waren eine Gegensprechanlage und eine Überwachungskamera angebracht, die nicht im Geringsten diskret wirkten.

Oscar drückte auf den Klingelknopf und es ertönte ein Summen. Sonst tat sich nichts. Er versuchte es wieder.

»Vielleicht ist es hier mitten in der Nacht«, sagte ich.

Diesmal ertönte ein Knacken aus dem Lautsprecher und ein zurückhaltendes: »Ja?«

Der Koboldmaki sprang von meiner Schulter auf das Tor und fing an, aufgeregt zu quasseln. Oder, das heißt … das glaube ich zumindest, denn es sah so aus, als würde er sprechen. Aber er gab keinen Ton von sich. Trotzdem reagierte die Stimme am anderen Ende.

»Bima? Bist du das?«

Mehr lautloses Gequassel des kleinen Äffchens.

Mit einem leisen Klicken begann das Tor sich langsam zu öffnen.

»Komm rein«, sagte die Stimme. »Und dann erzählst du mir, wen du dieses Mal mit nach Hause gebracht hat …«

»Ich muss sagen, Menschen hat Bima noch nie hier angeschleppt«, sagte Dr. Yuli und musterte uns über den Rand ihrer glänzenden Lesebrille. »Sonst sind es immer notleidende Affen. Aber setzt euch doch. Ihr seht etwas … mitgenommen aus.«

Dr. Yuli war winzig klein und ziemlich alt. Vielleicht erinnerte sich mich deshalb an Frau Pomeranze? Abgesehen davon hatten sie nicht viel gemeinsam. Dr. Yulis Haare waren wohl einst schwarz gewesen, denn in den ansonsten schlohweißen Haaren waren immer noch überraschend viele dunkle Strähnen, sodass sie ein wenig einem Zebra ähnelte. Ihre Haut war dünn, runzelig und hatte die Farbe von Zimt, ihre Augenbrauen waren pechschwarz. Ihren weißen Laborkittel trug sie offen und darunter blitzte ein Kleid hervor, das gelb und smaragdgrün leuchtete.

Dieses Grün sah natürlich auch sehr nach Frau Pomeranze aus, aber ich glaube, etwas anderes machte die Ähnlichkeit aus:

die Freundlichkeit, die aus ihren alten Augen strahlte. Sie hatte uns persönlich die Tür geöffnet und sich als Dr. Yuli vorgestellt. Sollte sie überrascht gewesen sein, eine Ansammlung junger Wildhexen und ein Wesen wie Nichts vor sich stehen zu haben, so ließ sie es sich zumindest nicht anmerken. Stattdessen lächelte sie uns an und ihre funkelnden dunklen Augen verschwanden dabei fast völlig hinter den vielen Falten. Bima hatte sich mit einem seiner lautlosen Schreie in ihre Arme geworfen. Jetzt lag er genüsslich ausgestreckt in ihrer Armbeuge und ließ sich mit allen Zeichen von Wohlbehagen den Bauch streicheln – die kleinen dünnen Ärmchen hatte er über dem Kopf ausgebreitet und die Beine zuckten wie bei einem Hund, wenn man ihn genau an der richtigen Stelle kraulte.

Drinnen war das Haus eine Mischung aus Wohnung und Labor und doch ein bisschen wildhexenhafter, als es von außen gewirkt hatte. Große bunte Plakate mit Bildern von Tieren, Vögeln und Insekten hingen an nahezu sämtlichen Wänden. Aber es gab auch allerlei technische Geräte – Mikroskope natürlich, aber auch geheimnisvollere Apparaturen. Es sah aus, als ob Dr. Yuli nahezu alles zentrifugieren, verdampfen, destillieren, schütteln, filtern, fermentieren und analysieren konnte. Die Möbel dagegen waren nicht gerade labortauglich: Plüschsofas mit farbigen Seidenkissen, glänzende runde Mahagonitische, kunterbunte Wollteppiche und eine Menge lackierter Korbstühle, deren Rückenlehnen wie Pfauenfedern angemalt waren.

»Setzt euch«, sagte Dr. Yuli und zeigte zu den Pfauenfederstühlen. »Möchtet ihr etwas Kaltes zu trinken? Ich habe Saft und Limonade. Oder Tee, falls ihr lieber etwas Warmes mögt?«

Mein Hals kratzte immer noch vom Blutgas und bei dem Gedanken an zitronenbrennende Limonade oder heißen Tee tat er gleich noch mehr weh.

»Vielleicht einfach einen Schluck kaltes Wasser?«, bat ich.

»Das ist ein bescheidener Wunsch«, sagte Dr. Yuli mit einem weiteren kurzen Lächeln. »Hinter der Koflerbank steht ein Wasserspender.« Sie zeigte zu einem der Labortische, auf dem ein seltsames Gerät stand, das entfernt an ein Mikroskop erinnerte und mit verschiedenen anderen Kästen und Messapparaten verbunden war.

Ich stand mit müden Beinen auf und holte Wasser in Plastikbechern, für die anderen und für mich. Alle hatten Durst, wie sich herausstellte, auch die Tiere. Selbst die Rabenküken tauchten aus ihrem Versteck bei Arkus auf, tunkten ihre unreifen Schnäbel ins Wasser und legten dann ihre Köpfe in den Nacken wie trinkende Hühner.

»Entschuldigt, dass ich so unhöflich starre«, sagte Dr. Yuli, nachdem sie Nichts eine Weile beobachtet hatte, »aber ich habe noch nie ein Geschöpf wie diese junge Dame hier gesehen. Darf ich fragen, wie du heißt und woher du kommst?«

Nichts war natürlich ganz verdattert.

»Ohhh«, sagte sie. »Ich ... äh ... ich bin eigentlich nur ein Fehler. Ich heiße Nichts.«

Dr. Yuli hob beide Augenbrauen.

»Das ist doch kein Name für ein Lebewesen«, sagte sie. »So ein Name ist unpassend und gefährlich, denn wenn man nicht aufpasst, wird man zu dem, als das man sich bezeichnet. Oder aber zu dem, als das andere einen bezeichnen. Und das ist noch schlimmer.«

»Ohhhhh«, sagte Nichts wieder. »Entschuldigung! Es ist nur so ... Ich habe keinen anderen Namen.«

»Das entscheidest du allein«, sagte Dr. Yuli streng. »Aber ich rate dir, besser bald einen neuen Namen für dich zu finden!«

»Ich … ich werde es versuchen.«

Arme Nichts. Man konnte ihr richtig ansehen, wie sie dachte, dass es nun *noch* etwas gab, das mit ihr nicht stimmte.

»Wir helfen dir dabei«, murmelte ich und tätschelte ihr den Handfuß.

Dr. Yuli schüttelte den Kopf.

»Das ist nicht eure Aufgabe«, sagte sie. »Ich fürchte, Nichts wird so lange Nichts bleiben, bis sie selbst herausfindet, dass sie etwas ist.«

Nichts sah aus, als wäre sie den Tränen nahe, und ich konnte nicht fassen, wie die sonst so freundliche Dr. Yuli etwas so Gemeines sagen konnte. Ich hatte den starken Verdacht, dass sie recht hatte, aber … es klang so hart.

»Ich muss wohl nicht fragen, ob ihr Wildhexen seid«, fuhr Dr. Yuli trocken fort. »Aber warum seid ihr hier? Und was ist mit euch passiert?«

»Wir sind nicht mit Absicht hier gelandet«, sagte ich. »Wir wollten … woanders ankommen. Im Rabenkessel.«

»Der Rabenkessel«, wiederholte Dr. Yuli. »Ja, da seid ihr wohl vom Weg abgekommen!«

»Wir waren noch nicht sehr weit«, erklärte Oscar, »als dieses … Blutgas auftauchte. Kochend heiß und rot. Wir konnten nicht weitergehen.«

»Ich musste uns einfach ganz schnell da rausbringen«, sagte Kahla und sah aus, als wäre das in ihren Augen eine peinliche Niederlage. »Ich glaube, es war schlichtweg … der nächste Ausgang.«

Dr. Yuli nickte langsam.

»Der Park?«, fragte sie.

»Ja.«

»An Orten, die häufig genutzt werden, ist es immer einfacher, die Wilden Wege zu betreten oder zu verlassen. Und ich gehe für gewöhnlich in den Park, wenn ich sie benutzen will. Man könnte wohl sagen, dass ich über die Jahre so etwas wie einen Pfad getrampelt habe. Aber ihr hattet Glück. Ihr hättet ja sonst wo landen können.«

»Ich weiß«, sagte Kahla und ließ den Kopf hängen.

»Das war kein Vorwurf, Kleines. Du hättest deine Sache nicht besser machen können – und es wäre wahrscheinlich sehr viel schlimmer ausgegangen, wenn du nicht so eine tüchtige Wildhexe wärst.«

Ich glaube, Kahla wurde tatsächlich ein bisschen rot. Man konnte das meist nicht sofort sehen, weil ihre Haut so dunkel war, aber irgendetwas veränderte sich.

»Danke«, murmelte sie.

»Es ist unglaublich wichtig, dass wir es in den Rabenkessel schaffen«, sagte ich. »Die Küken hier … die beiden sind die allerletzten Raben der Rabenmütter.«

Dr. Yuli sah schockiert aus.

»Die letzten?«, sagte sie. »Ja, aber, wie …«

»Die erwachsenen Raben sind in einem schrecklichen Sturm ums Leben gekommen. Haben Sie schon mal von Bravita Blutsschwester gehört?«

»Das haben wohl alle«, antwortete Dr. Yuli. »Zumindest alle Wildhexen.«

»Schon, nur … die meisten denken, dass sie tot ist. Dabei ist sie … ins Leben zurückgekehrt.«

»Ein Wiederkommer?« Dr. Yuli wurde blass. Bima stieß ein

kurzes lautloses Quietschen aus und versteckte sein Gesicht in ihren Armen.

»Ja. Im Augenblick – glauben wir zumindest – hat sie keinen richtig brauchbaren Körper und das bremst sie ein wenig. Aber sie ist trotzdem furchterregend stark. Und ich bin ganz sicher, dass sowohl der Rabensturm als auch das Blutgas auf ihr Konto gehen.«

Ich war froh, über Blutsschwester sprechen zu können. Das gehörte sonst sicher nicht zu meinen Lieblingsbeschäftigungen, aber in diesem Moment ersparte es mir, Dr. Yuli beichten zu müssen, was mit den Eiern passiert war und dass all die anderen Rabenküken geschlüpft wären, hätte Kahla die Eier nicht zerschlagen. Weil ihre Mutter sie dazu gezwungen hatte, richtig, aber das alles war ein bisschen kompliziert zu erklären und Kahla wäre wahrscheinlich hier und jetzt aus blankem Schuldgefühl gestorben.

»Aber ... was *will* sie?«, fragte Dr. Yuli. »Dieser Wiederkommer – wieso tötet sie die Raben?«

»Weil sie die Weltherrschaft übernehmen will«, sagte Oscar mit sicherem Sinn für melodramatische Schurkenlogik.

»Äh ... ja«, sagte ich und versuchte, mich an meine ein bisschen zu realen Blutsschwester-Albträume zu erinnern. »Oder ... sie will sich an den Wildhexen rächen, die sie jahrhundertelang eingesperrt hatten, und an den Menschen, die in der Zwischenzeit alles Wilde vertrieben und zerstört haben, was ihr heilig war.«

Dr. Yuli seufzte.

»Ich bin erst 92«, sagte sie. »Nicht mal ein Jahrhundert alt. Aber wenn ich daran denke, was wir allein während meiner Lebenszeit verloren haben ...« Sie streichelte Bima über den

Kopf. »Er ist einer der Letzten seiner Art«, sagte sie wehmütig. »Es sind wohl kaum Hundert von ihnen übrig geblieben. Ich versuche, ihnen zu helfen, versuche, sie zu retten … aber ich fürchte, dafür ist es zu spät. Viele Maki-Arten hat es schon erwischt – es gibt sie nicht mehr. Ich sage nicht, dass ich der Blutsschwester recht gebe. Aber bis zu einem gewissen Grad kann ich sie … *verstehen*. Wäre ich so lange weg gewesen – es sind bestimmt an die vierhundert Jahre – und hätte bei meiner Rückkehr gesehen, wie viel verschwunden ist …«

Ich sah den kleinen Bima an. Es war schrecklich, sich vorzustellen, dass diese hübschen kleinen Geschöpfe im Begriff waren, von der Erde zu verschwinden. Aber wenn ich an den Hunger des Wiederkommers nach Leben dachte, wenn ich daran dachte, wie sie einfach nahm, nahm, nahm …

»Blutsschwester kann nicht die Antwort darauf sein«, sagte ich leise. »Sie macht alles nur noch schlimmer. Wenn sie am Ende gewinnt, dann … wird die Welt ein sehr blutiger Ort. Und im Augenblick ist *sie* dabei, eine Art auszurotten.« Ich zeigte auf Erya und den kleinen Rabenjungen, die immer noch mit dem Wasser im Plastikbecher spielten – nicht weil sie Durst hatten, glaube ich, sondern einfach nur, weil es ihnen Spaß machte.

»Ja«, sagte Dr. Yuli. »Das müssen wir verhindern. Ohne den Rabenkessel sind die Wildhexen dieser Welt nichts weiter als ein zufälliges Auftauchen einiger Naturverrückter hier und da, ohne Sammlungspunkt, ohne gemeinsames Recht und Regeln, ohne die Weisheit der Raben und den Überblick über die große Welt. Blutsschwester würde eine Wildhexe nach der anderen besiegen können – falls es das ist, was sie will.«

»Das ist es«, sagte ich. »Für sie ist alles nur schwarz oder weiß.

Entweder steht man auf ihrer Seite oder aber …« Ich schüttelte mich.

Dr. Yuli nickte.

»Gut«, sagte sie. »Ich werde sehen, was ich tun kann, um euch zu helfen. Darf ich ein Stück von deinem Pullover haben?«

4 DER KÜRZESTE WILDE WEG

Hmmmm«, murmelte Dr. Yuli. »Das ist ziemlich unheimlich, wirklich unheimlich.«

Sie schob ihre starke Lesebrille ganz nach oben und studierte die Messdaten, die der letzte ihrer vielen Apparate ausgespuckt hatte. »Ich habe gehofft, dass dein Pulli genug Gas für eine Analyse aufgesaugt hat, und ich hatte recht«, sagte sie. »Was im Übrigen auch bedeutet, dass wir euch schleunigst etwas anderes zum Anziehen besorgen sollten. Es ist nicht gesund, in gasverseuchter Kleidung herumzulaufen. Aber eine Sache an dem Ergebnis ist wirklich merkwürdig.«

»Was denn?«, fragte Oscar, der den ganzen Prozess mit begeistertem Interesse verfolgt hatte.

»Ich habe eine beträchtliche Menge Hydrochinon und Wasserstoffperoxid gefunden«, antwortete Dr. Yuli. »Aber auch ziemlich viel Hämoglobin und Methämoglobin.«

Das einzige Wort, das ich schon mal gehört hatte, war »Wasserstoffperoxid«, und das klang nicht sonderlich gefährlich. Meine Mutter war meine ganze Kindheit hindurch Großverbraucherin gewesen. Jedes Mal wenn ich auch nur einen winzigen Kratzer hatte, griff sie nach der braunen Flasche im Schrank über dem Waschbecken. Es brannte ein bisschen, aber es war immer ziemlich faszinierend gewesen, dabei zuzusehen, wie die

Flüssigkeit brodelte und schäumte, besonders dann, wenn die Stelle an meinem Körper tatsächlich ein wenig entzündet war. Und bildete ich mir das ein oder hatte man es früher nicht auch zum Bleichen von Haaren benutzt? Also, wenn man gerne so eine … Superblondine sein wollte?

Dr. Yuli war immer noch mit ihrem Ausdruck beschäftigt.

»Habt ihr nicht erzählt, das Gas wäre rot gewesen?«, fragte sie.

»Doch«, antwortete Oscar sofort. »Deshalb haben wir es ja Blutgas genannt.«

»Das trifft es wohl tatsächlich ziemlich genau«, sagte Dr. Yuli. »Hämoglobin ist der Stoff, der das Blut rot färbt. Aber es … ergibt hier einfach keinen Sinn.«

»Warum nicht?«, fragte Oscar. Er ging wirklich darin auf, den eifrigen Musterschüler zu geben.

»Ohne das Hämoglobin ist die chemische Mischung ja nichts anderes als Bombardierkäfer-Gas«, sagte Dr. Yuli, als sollte das selbst dem letzten Idioten klar sein.

»Ein Käfer?«, fragt Kahla. »Das Gas kommt von einem *Käfer*?«

»Das weiß ich nicht, aber die Zusammensetzung ist zumindest sehr ähnlich.«

Oscar war hin und weg.

»Ein Käfer, der Gas produzieren kann?«

»Tatsächlich tragen diese Käfer ein fantastisches kleines Chemielabor in ihrem Hinterteil mit sich herum«, sagte Dr. Yuli lächelnd. »Sie haben eine herzförmige Reaktionskammer – oben, in den Bögen, bewahren sie das Hydrochinon und das Wasserstoffperoxid zusammen mit einem Stoff auf, der verhindert, dass die beiden Substanzen miteinander reagieren. Unten, in der Spitze der Reaktionskammer, geht es dann rund. Dort befindet sich eine dicke Wand, die ein paar Enzyme absondert, und eine Düse, die so ähnlich funktioniert wie das Ventil in einem Dampfkochtopf. Wenn der Käfer sich bedroht fühlt, mischt er das Hydrochinon mit dem Wasserstoffperoxid, fügt Enzyme hinzu und dann geht es los. Das Gemisch fängt an, Wärme zu produzieren, bis die Flüssigkeit schließlich den Siedepunkt erreicht.«

»*Im* Körper des Explodierkäfers?«, fragte Oscar.

»Bombardierkäfer. Ja.«

»Boah, krass!«

Enzyme? Das klang eher nach Waschmittel als nach einer Sache, mit der man Bomben bauen konnte. Aber Dr. Yuli setzte ihre Erklärung fort:

»Die Düse ist so ›eingestellt‹, dass sie sich erst öffnet, wenn der Druck hoch genug ist. Dann feuert der Käfer seinem Gegner eine Wolke aus ätzendem Dampf an den Kopf. Das tötet die meisten anderen Insekten und kann sogar für Menschen ziemlich unangenehm werden.«

»Können Menschen auch Explo... äh, Bombardierkäfergas herstellen?«, fragte Oscar hingerissen.

»Aber ja. Das ist, so gesehen, eine richtig elegante, kleine chemische Reaktion.« Sie drehte das Papier mit dem Ausdruck um und schrieb mit großen, deutlichen Buchstaben über die Rückseite:

$$C_6H_6O_2 + H_2O_2 \rightarrow C_6H_4O_2 + 2H_2O$$

»Seht ihr?« Sie zeigte und erklärte. »Die Enzyme – Katalase und Peroxidase – reagieren hier und hier«, sie tippte mit dem Kugelschreiber auf das Papier, »und spalten das Wasserstoffperoxid in Wasser und freien Sauerstoff, während das Hydrochinon im Gegenzug oxidiert und ...«, sie hob den Blick und sah Oscar an.

»Peng!!«, rief er.

»Genau.«

Ich kapierte nicht wirklich viel, Oscar aber anscheinend schon. Das konnte man sehen. Er und Dr. Yuli strahlten sich mit einem Lächeln an, das man nur miteinander teilt, wenn man ein gemeinsames Geheimnis hat. Verschwörerisch und kribbelnd fantastisch.

»Und das ist Chemie?«, fragte er.

»Reine Chemie.«

»Und ich könnte das auch?«

»Mit den richtigen Chemikalien in den richtigen Mengen, in einem Druckbehälter mit dem passenden Ventil. Ja.«

»*Cool* …«, flüsterte er und das klang irgendwie inniger als seine sonst üblichen Begeisterungsstürme. Er sah aus wie jemand, der gerade herausgefunden hatte, was er werden will, wenn er erwachsen ist.

»In einer chemischen Reaktion hat alles einen Sinn. Nichts ist überflüssig, nichts wird verschwendet«, sagte Dr. Yuli. »Deshalb verstehe ich auch nicht, wozu das Hämoglobin gut sein soll.« Sie wirkte verärgert, wie ein Dirigent, der ein Orchestermitglied erwischt hat, das unsauber spielt. »Es färbt den Dampf – oder das Gas – rot, aber wozu? Könnte es nicht genauso gut weiß sein?«

»Nicht, wenn es mit Blutsschwester zu tun hat«, sagte ich düster. »Alles, was sie anfasst, stinkt förmlich nach Blutkunst.«

Blutkunst war das Wort, das Tante Isa für Hexenkunst gebrauchte, die ihre Kraft aus Blut bezog.

»Oh …«, sagte Dr. Yuli plötzlich und sah verblüfft aus. »Das ist es … das ist genau das, was die Chemie hier verunreinigt. Sie ist mit Magie vermischt.«

»Da hast du's«, sagte ich und warf Oscar einen entsprechenden Blick zu. »Bravita Blutsschwester steckt also *doch* dahinter!«

»Hatten wir uns nicht darauf geeinigt, dass Bravita Blutsschwester mindestens vierhundert Jahre lang eingesperrt war?«, fragte Dr. Yuli. »War es nicht so?«

Ich nickte.

»Deshalb ist sie ja so sauer«, sagte Oscar.

»Sauer« war vielleicht nicht gerade der Ausdruck, den ich benutzt hätte. »Rot vor Glut« kam der Sache schon näher, aber in Wirklichkeit war es der blanke Zorn, den ich bei ihr gespürt hatte, so gewaltig, dass er schwer zu beschreiben war.

»Also ist ein großer Teil der wissenschaftlichen Entwicklung seither an ihr vorübergegangen. Und das ist auf jeden Fall eine Schwäche bei gewissen mächtigen Wildhexen – sie denken nur in *magischen* Lösungen.« Sie kraulte Bima das Bäuchlein mit ihrem gekrümmten Zeigefinger, ziemlich abwesend, wie ich fand, aber der kleine Affe genoss es trotzdem sichtbar.

»Ich glaube zum Beispiel nicht, dass sie daran gedacht hat, dass es mittlerweile Gasmasken gibt.«

»Haben Sie eine?«, fragte Oscar aufgeregt.

»Zumindest habe ich noch ein paar Schutzanzüge. Wahrscheinlich nicht genug für euch alle, aber lasst uns mal nachsehen.«

Wie es sich herausstellte, hingen die Schutzanzüge in einem Schrank unten im Keller, und das offenbar schon ziemlich lange, denn sie knisterten steif, als Oscar Dr. Yuli dabei half, sie auszupacken. Sie waren gelb und weiß und sahen ein bisschen aus, wie diese Overalls, die man anzieht, wenn man die Wohnung streicht. Nur dass auch noch eine Kapuze dazugehörte, die an eine Art faltbaren Raumfahrerhelm erinnerte. Es gab drei große Anzüge und einen für Kinder.

»Der kleine ist extra für mich angefertigt worden«, sagte Dr. Yuli und zeigte auf den letzten. »Ich kann mich erinnern, dass die Ausrüstung damals ein Vermögen gekostet hat. Aber wir mussten die Dinger haben, um die Genehmigung zu bekommen, mit bestimmten Stoffen arbeiten zu dürfen.«

Mit etwas Glück würden die drei großen Kahla, Oscar und mir passen, der kleine war wie gemacht für Arkus. Aber ...

»Was ist mit Nichts?«, fragte ich. »Und den Tieren?«

Eisenherz brauchte nicht viel Platz und Saga konnte vielleicht auch einfach bei Kahla unter dem Schutzanzug bleiben, aber für die anderen war das unmöglich. Und es gab wohl kaum Gasmasken in Katzen- oder Rabenkükengröße.

»Das Beste, was ich euch anbieten kann, ist vermutlich eine luftdichte Kiste«, sagte Dr. Yuli bedauernd.

»Aber in so einer Kiste können sie doch nicht atmen!«, sagte ich.

»Doch«, erwiderte sie. »Aber nur für eine begrenzte Zeit, solange ausreichend Sauerstoff in der Kiste vorhanden ist.«

»Und wie lange ist das?«, piepste Nichts, die seit der Diskussion um ihren Namen kein Wort mehr gesagt hatte.

»Das hängt natürlich von der Größe der Kiste ab und davon, wie viel Sauerstoff jeder Einzelne von euch braucht. Ich kann aber ein paar Berechnungen anstellen. Dafür muss ich wissen, wie viel ihr alle zusammen wiegt, du, der Kater und die Raben, und dann werden wir euer Lungenvolumen, so gut es geht, testen.«

Nichts war ziemlich blass um die Nase, und das lag ganz bestimmt nicht nur an den Nachwirkungen des Gases.

»Wie groß ist die Kiste, die Sie haben?«, fragte sie.

»Ich denke, die Frage ist eher, wie viel ihr noch tragen könnt«, sagte Dr. Yuli.

Eineinhalb Stunden und zahlreiche Versuche und Berechnungen später sah Nichts überhaupt nicht mehr ruhig aus und zwischen Dr. Yulis Augenbrauen hatte sich eine tiefe Falte gebildet.

»Es ist riskant«, sagte sie. »Der Weg in den Rabenkessel ist weit und es ist schwer zu berechnen, wie lange ihr dafür braucht. Vor allem, weil wir nicht wissen, welchen Hindernissen ihr unterwegs begegnen werdet!«

»Die Wilden Wege sind immer unberechenbar«, sagte Kahla. »Das ist so ungefähr das Einzige, was an ihnen sicher ist.«

»Vielleicht können wir es auf mehreren Etappen versuchen«, sagte Arkus. »Ein bisschen so, wie wenn ich … springe.«

Arkus hatte seine ganz eigene Methode, die Wilden Wege zu nutzen. Er verschwand nicht völlig in den Nebeln, sondern benutzte sie gewissermaßen, um in der normalen Welt kilometerlange Schritte zu machen.

»Ich wünschte, wir könnten einfach ein Flugzeug nehmen«, sagte ich.

»Es dürfte ein bisschen schwierig werden, unsere Freunde hier durch die Sicherheitskontrolle zu schleusen«, sagte Oscar trocken und zeigte auf Nichts und die Rabenküken. »Und *wo* genau wollest du noch gleich hinfliegen?«

Mir wurde bewusst, dass ich nicht die leiseste Ahnung hatte, wo ich den Rabenkessel überhaupt suchen müsste, wenn ich ihn auf einer Karte finden sollte. Oder auf einem Globus.

»Um den Rabenkessel zu erreichen, *muss* man durch die Nebel der Wilden Wege«, sagte Kahla. »Das ist ein Teil des Schutzes, der die Welt der Wildhexen vor gewöhnlichen Menschen verborgen hält.«

»Aber ... aber man muss doch wenigstens ungefähr sagen können, wo er ist, also ... geografisch?«, fragte ich. »Auf jeden Fall ist es dort kälter als hier. Also muss der Rabenkessel weiter nördlich liegen, oder nicht? Näher an Vestmark und noch näher an Tante Isas Haus.«

»Das klingt logisch«, sagte Oscar und nickte.

»Ich bin mir nicht sicher, ob man diesen Ort mit Logik finden kann«, sagte Dr. Yuli. »Jedenfalls kenne ich keine Karte, die man für die Suche verwenden könnte. Für die meisten Wildhexen startet der kürzeste Weg zum Rabenkessel genau da, wo man sich am meisten zu Hause fühlt. Die einfachsten Wege sind immer die, die einem am vertrautesten sind, das gilt auch für die Wilden Wege.«

5 COUNTDOWN

Man konnte nicht behaupten, dass der Affenpark der Ort war, an dem ich mich am meisten zu Hause fühlte, aber uns blieb nichts anderes übrig, als unsere Reise genau dort zu beginnen.

Dr. Yuli weckte uns zeitig im Morgengrauen. Kahla wäre am liebsten sofort aufgebrochen, aber schließlich hatte sie sich doch überreden lassen, vorher noch ein paar Stunden zu schlafen.

»Es ist so schon schwer und gefährlich genug«, hatte Dr. Yuli gesagt. »Da wäre es mehr als dämlich, sich auf den Weg zu machen, solange man erschöpft ist und zudem noch unter den Folgen des Gases leidet.«

Kahla gehörte normalerweise nicht zu den Menschen, die eine Beleidigung so einfach hinnahmen, schon gar nicht, wenn man sie dabei dämlich nannte. Das heißt … das galt vor allem für die alte Kahla. Die neue, von Schuldgefühlen geplagte Ausgabe meiner besten und einzigen Wildhexenfreundin senkte nur den Kopf und gab nach. Vielleicht weil Dr. Yuli ihr gleichzeitig sanft den Arm tätschelte und sie freundlich anlächelte. Aber die nette kleine alte Dame hatte schließlich auch zweiundneunzig Jahre Erfahrung darin, ihren Willen durchzusetzen.

So bekam ich zwar nicht meinen Badeurlaub, aber wenigstens eine Dusche, einen frischen Verband um meinen Arm und ein paar Stunden Schlaf. Das tat tatsächlich so gut, dass ich mich ein klein wenig optimistisch fühlte. Kahla konnte den Weg zum Rabenkessel sogar von hier aus finden, da war ich mir sicher. Die Schutzanzüge hatten zwar schon ein paar Jahre auf dem Buckel, aber sie waren beruhigend dick, und auch wenn sie an Armen und Beinen ein bisschen zu lang waren, konnte ich darin laufen, ohne zu stolpern.

Die Kiste, in der Nichts, Katerchen und die Raben reisen sollten, war so groß wie ein Koffer, nur breiter und eckiger. Sie erinnerte ein bisschen an eine riesige Tupper-Dose, wenn man davon absah, dass die Scharniere kräftiger und aus Metall und Gummi waren. Zum Glück war sie auch mit »Passagieren« nicht schwer. Aber sie war nicht sonderlich gut zu handhaben und hatte keine richtigen Griffe, sodass uns nichts anderes übrig blieb, als einen Gurt darum zu wickeln, damit wir sie besser tragen konnten. Wir hatten es ein paarmal geübt, denn jetzt, da es ernst wurde, blieb uns keine Zeit, um herumzuprobieren. Jetzt zählte jede Sekunde.

Dr. Yuli hatte berechnet, dass die Luft in der Kiste für sechsundzwanzig Minuten ausreichte. Kamen wir nicht innerhalb von zwanzig Minuten ans Ziel, mussten wir – oder besser gesagt Kahla – einen kühlen Kopf bewahren und einen »Notausgang« finden, so wie sie es schon beim ersten Mal getan hatte, nachdem wir in das Gas geraten waren. Ein großer Kurzzeitwecker mit leuchtend roten Zahlen war auf dem Deckel der Kiste befestigt, damit wir alle im Blick hatten, wie viel Zeit uns noch blieb. Zusätzlich hatte ich mein StarPhone so eingestellt, dass es nach fünfundzwanzig Minuten vibrieren würde, damit ich gewarnt war, bevor es richtig knapp wurde. Ich schob das Handy in den Ärmel meines Anzugs, weil er keine Taschen hatte.

Katerchen war absolut nicht damit einverstanden, dass er in die Kiste sollte. Er wand und drehte sich und wollte sich freikratzen, aber wenigstens dieses eine Mal musste er tun, was ich ihm sagte.

»Möchtest du etwa hierbleiben?«, fragte ich ihn und versuchte, es so deutlich wie möglich vor mir zu sehen: ein einsam maunzendes Katerchen, das rastlos zwischen Dr. Yulis Labortischen umherwanderte. »Oder ist dir das Gas lieber ...?«

Ich weiß nicht, ob es nun das eine oder das andere Argument war, aber plötzlich hing er ganz schlaff und resigniert in meinen Händen. Das war so untypisch für ihn, dass ich richtig erschrak. Ich hielt ihn hoch und musterte seinen eckigen Kopf, seine goldenen Augen, seinen lang gestreckten und etwas zu dünnen Körper.

Der leidende Blick, mit dem er mich bedachte, war mindestens genauso deutlich, wie es die Nachrichten von Kater immer gewesen waren. *Du bist böse und du behandelst mich schlecht. Ich armer, kleiner Kater.*

Ich konnte mir ein Lächeln nur schwer verkneifen. Das Einzige, woran er litt, war ein übertriebenes schauspielerisches Talent.

Ich traute seiner totalen Ergebenheit nicht so recht über den Weg, deshalb hatte er ein eigenes Abteil in der Kiste bekommen, mit einer Plastiktrennwand zwischen ihm und den Rabenküken.

»Oh nein, oh nein, oh nein, die kleinen Kerlchen«, sagte Nichts und breitete ihre Flügel ein wenig aus. »Du musst dir keine Sorgen machen, Arkus, ich werde mich um sie kümmern.«

Ihre Flügel zitterten, genau wie ihre Stimme. Aber sie flatterte alleine in die Kiste, und tatsächlich, die beiden kleinen Raben kuschelten sich an sie, als wäre sie ihre Mutter. Das gehörte zu dem Tapfersten, was ich je erlebt hatte, denn niemand könnte in diesem Augenblick hilfloser sein als Nichts – keine brauchbaren Hände, kein Platz, um mit den Flügeln zu schlagen, keine Möglichkeit, ohne Hilfe herauszukommen. Sie war zusammen mit drei Tieren in einen Kasten gesperrt, in dem es nur Sauerstoff für sechsundzwanzig Minuten gab. Kein Wunder, dass sie jedes Mal zusammenzuckte, als die vier Verschlüsse nacheinander zuschnappten, die den Deckel festhielten.

Und dann gab es keine Zeit mehr, um zu zögern oder zu grübeln, denn auf dem leuchtenden Display des Kurzzeitweckers stand 25:55. Der Countdown lief. Kahla sang die ersten Töne des Wildgesangs hoch und durchdringend, selbst durch Helm und Visier des Schutzanzugs. Oscar und ich nahmen die Kiste. Ich sah gerade noch, wie Dr. Yuli die Hand zu einer Art Winken hob und wie Bima von ihrer Schulter auf einen der Bäume im Park sprang. Doch der Baum verschwand schon in den Nebelschleiern und wenige Sekunden später konnte ich Dr. Yuli nicht mehr sehen, hörte nur noch ihren letzten Gruß:

»Viel Glück. Vertraut auf euch selbst, Wildhexen!«

Die Nebel waren so grau wie immer und trotz des Schutzanzugs spürte ich, dass die Temperatur um einige Grad gesunken war. Ich hörte irgendwelche Geräusche von Oscar, aber ich konnte seine Worte nicht deuten. Ich hoffte, dass es nichts Wichtiges war. Wir konnten uns auch nicht an den Händen halten, so wie beim letzten Mal, weil Oscar und ich beide Hände brauchten, um die Kiste zu tragen. Da wir aber ja wussten, wie schwer es war, sich zu sehen, wenn das Gas kam, hatten wir uns mit einem Seil verbunden, das von meinem Oberarm zu Oscar führte und von dort aus weiter zu Arkus und Kahla.

Ungeduldig zerrte jemand an meinem Seilende. Oscar wollte offensichtlich schneller gehen und das war bestimmt keine schlechte Idee. Jetzt galt es, von hier wegzukommen.

Wenn wir keine Zeit verschwendeten, sollten wir den Weg zum Rabenkessel in einem Rutsch schaffen. Ich beschleunigte meinen Schritt. Richtig rennen konnten wir mit der Kiste jedoch nicht, und unter dem Helm wurde mir auch sehr schnell heiß und ich kam aus der Puste. Aber die roten Zahlen, die durch den Nebel glühten, waren besser als jeder hochgelobte Trainer, der brüllend neben der Aschenbahn stand.

19:27.

Es waren schon mehr als sechs Minuten vergangen! Wo war die Zeit nur geblieben? Ich spähte in den Nebel, aber ich konnte nichts als die Kiste, Oscar, Arkus und, weiter vorne, Kahlas Rücken sehen. Keine Bäume zum Beispiel. Nichts.

Aber auch kein Gas. Wenn es hart auf hart kam, dachte ich, konnten wir ja die Kiste öffnen und ein wenig Luft hineinlassen. Natürlich nur für den Fall, dass nicht doch noch Gas auftauchte.

Ich hatte den Gedanken kaum zu Ende gebracht, als Katerchen plötzlich anfing, sich in der Kiste hin und her zu werfen. Ich konnte seine Katzenschreie ganz leise durch das dicke Plastik und den Filter des Schutzanzugs hören, aber in meinem Inneren, dort, wo der Wildsinn wohnt, fühlte es sich an, als hätte mir jemand eine Nadel direkt ins Gehirn gerammt.

Raus. Raus-raus-raus-raus-raus-raus! Es waren keine Worte, es war ein langer, verzweifelter Kampf, um sich zu befreien. Der ganze Kasten bebte heftig, Nichts rutschte hin und her und bemühte sich, mit den Flügeln, die sie gar nicht richtig ausbreiten konnte, das Gleichgewicht zu halten, und auch die beiden Rabenküken ruderten erschrocken mit ihren eigenen unfertigen Flügelchen.

Um ein Haar wäre mir die Kiste aus der Hand geglitten. Ich versuchte, sie festzuhalten und gleichzeitig den Ellenbogen drei Mal heftig zurückzuziehen, damit das Seil kräftig ruckte: das war das Notsignal, das wir vereinbart hatten. Arkus kniete schon neben der Kiste und versuchte uns dabei zu helfen, sie einigermaßen gerade zu halten; bestimmt hatte auch er die Angst der Raben gespürt.

Kahla drehte sich um. Selbst durch das klare Kunststoffvisier der Maske hindurch konnte ich ihren Augen ansehen, dass auch sie Angst hatte. Sie spähte angespannt in den Nebel, aber vermutlich konnte sie nicht mehr erkennen als wir anderen – nämlich gar nichts.

Katerchen kratzte und scharrte mit voll ausgefahrenen Krallen am Deckel und den Seitenwänden der Kiste. Ich versuchte, ihm beruhigende Gedanken zu schicken, aber langsam bekam ich selbst Panik. Einerseits, weil ich nicht verstand, wieso er sich so aufführte, andererseits, weil ich mir ziemlich sicher war, dass er gerade viel zu viel Sauerstoff verbrauchte. Oder stimmten am Ende die Berechnungen nicht und er war schon im Begriff zu ersticken? Nein, Nichts atmete offensichtlich noch und hatte die Flügel um die verängstigten Rabenküken gelegt. Nur Katerchen kämpfte, als ginge es um mindestens eines seiner neun Leben.

Es blieb uns nichts anderes übrig – wir mussten die Kiste öffnen und ihn herausholen. Aber nicht hier. Panisch wie er war, lief ich sonst Gefahr, dass er Hals über Kopf flüchtete – und so etwas machte man auf den Wilden Wegen nicht ungestraft. Was, wenn er sich verirrte und ich ihn nie mehr wieder fand? Und was, wenn das Gas doch noch zurückkam?

»Wir müssen raus«, rief ich, so laut ich konnte, und zeigte in eine ziemlich zufällige Richtung.

Kahla sah nicht begeistert aus, aber schließlich nickte sie.

Wir stolperten fast genauso plötzlich und ungeordnet aus den Nebeln der Wilden Wege wie beim letzten Mal, als wir, auf der Flucht vor dem Blutgas, im Affenpark gelandet waren. Aber diesmal gab es keine Affen, keine Blumen und keine Bäume, sondern nur jede Menge kleiner, flacher verwitterter Steine, die bei jedem Schritt gegeneinanderrasselten. Die Erde hatte dieselbe Farbe wie Dachziegel – rot-braun, rot-orange und rot-gelb. Auch hier war die Sonne gerade eben aufgegangen und viele Steine waren dunkel vom Morgentau.

Ich hatte nur Augen für Katerchen. Ich riss die Verschlüsse auf, schob hastig den Deckel beiseite und im selben Moment sprang Katerchen schon auf meinen Arm und versuchte, sich durch den Schutzanzug zu graben. Ich öffnete die Versiegelung, schob den »Raumfahrerhelm« zurück und für einen langen Moment presste er sich nur an meinen Hals. Ich spürte sein Herz durch das warme schwarze Fell und die dürren Rippen hämmern – dunk-dunk-dunk – wie ein extra Puls, der doppelt so schnell war wie meiner.

»Was ist denn nur los mit dir?«, flüsterte ich.

Anders als Kater, der über Jahrhunderte hinweg Viridians Wildhexenseele mit sich herumgetragen und schon gewusst hatte, dass Menschen schwer von Begriff waren, wenn sie keine Worte zur Verfügung hatten, war er noch nicht so gut darin, mir zu erzählen, was er dachte oder wollte. Ich konnte nur seine Angst und Verzweiflung spüren und eine ganz schreckliche Einsamkeit und hatte keine Ahnung, wie ich ihn davon befreien sollte.

»Du hast doch mich«, flüsterte ich. »Ich bin doch hier.«

Aber das schien nicht richtig zu helfen.

»Was fehlt ihm?«, fragte Oscar.

»Er ist … einsam und verängstigt.«

»Einsam?«, fragte Kahla. »Er klebt doch an dir wie eine Klette. Und in der Kiste war er ja nun auch nicht gerade alleine.«

»Ob Katzen wohl Platzangst bekommen können?«, überlegte Oscar. »Meine Mutter ist mal mit einem Mann im Aufzug stecken geblieben, der solche Panik bekam, dass er anfing, wie wild gegen die Wand zu hämmern und schließlich ohnmächtig wurde.«

Ich konnte weder Kahlas noch Oscars Fragen beantworten. Ich wusste nur, dass mein Kater unglücklich war.

»Ich bekomme ihn im Leben nicht zurück in die Kiste«, sagte ich. »Was machen wir jetzt?«

»Hier können wir jedenfalls nicht bleiben«, sagte Kahla. »Wir trocknen sonst aus wie Rosinen. Falls ihr es noch nicht bemerkt habt, wir befinden uns mitten in einer Wüste.«

Sie hatte recht. Ich hatte bis eben nicht darüber nachgedacht, schließlich standen wir nicht im Sand, und ich hatte mir nicht klargemacht, dass es auch Steinwüsten geben könnte.

Aber die gab es. So weit das Auge reichte, war nichts anderes zu sehen als diese ziegelroten Steine und ein paar größere Felsen in der Ferne. Der letzte Rest Tau war schon von der Sonne weggebrannt worden, dabei war es noch früh am Morgen. Ich wagte es gar nicht, mir vorzustellen, wie heiß es hier noch vor dem Mittag werden würde.

Nichts murmelte vor sich hin.

»Abigail. Artemis. Anastasia. Oder … Beate … Nein, ich glaube, ich bin keine Beate. Clara, denkst du, ich bin eine Beate?«

»Äh … nein, also … nicht wenn du nicht selbst davon überzeugt bist.«

Um ehrlich zu sein, hörte ich ihr gar nicht richtig zu. Ein breiter dunkler Schatten glitt über die rote Erde. Als ich aufsah, durchfuhr mich ein eisiger Schauer, denn dieses Mal hatte ich nicht den geringsten Zweifel: Dort oben, zwischen uns und der Sonne, schwebte ein Geier, und auch wenn er weit weg war, fasste ich mir unwillkürlich an den Arm. Es gab Millionen Geier auf der Welt und überhaupt keinen Anlass zu glauben, dass es derselbe war – tatsächlich war das sogar ziemlich unwahrscheinlich. Aber diese Art von Logik griff nicht richtig bei dem Schaudern, das mir den Rücken hinunterlief.

»Clara?«, Kahla war ganz dicht zu mir gekommen. »Entschuldige. Aber wir haben keine Wahl.«

Ich begriff erst viel zu spät, was sie vorhatte. Sie legte Katerchen eine Hand auf den Kopf und mit einem Mal fuhr ein fürchterlicher Schmerz durch ihn und mich hindurch. Katerchen wurde ganz schlaff auf meinem Arm. Nicht so wie vorher, als er arme-kleine-Märtyrerkatze *gespielt* hatte. Das hier war eine leblose, schlenkernde Stoffpuppen-Schlaffheit, bei der man sich fast nicht vorstellen konnte, dass er überhaupt noch am Leben war.

»Was hast du mit ihm gemacht?«, japste ich und es fiel mir selbst schwer, weiter zu atmen.

»Ich … habe seinen Lebensstrang ein klein wenig abgeklemmt. Ich habe ihn nicht verdreht oder so, er kommt wieder zu sich, nur … nicht jetzt sofort.«

Ich starrte Kahla an. Sie beherrschte so viele Dinge, die unbehaglich nah an das herankamen, was auch Blutsschwester einfallen konnte. Oder Lamia. Obwohl ich Kahla kannte, machte sie mir manchmal wirklich Angst. Tante Isa hatte einmal gesagt, dass Gut und Böse keine Sache von Entweder-oder war, sondern von Sowohl-als-auch. In Kahlas Innerem gab es Vieles, das dunkel, schwer und gefährlich war – und ein bisschen zu dicht an dem, was viele ›böse‹ nennen würden.

»Ich musste es tun«, flüsterte sie und ich glaube, sie konnte meine Gedanken sehen oder spüren. »Wie sollen wir sonst weiterkommen?«

Erst konnte ich gar nichts sagen. Ich streichelte meinem kleinen, schlaffen Kater über den Kopf, obwohl er es gar nicht spüren konnte. Dann legte ich ihn in die Kiste, noch immer völlig widerstandslos und schlapp.

»Weiter«, sagte ich. »Ja. Bringen wir es hinter uns.«

Ich fummelte mein StarPhone aus dem Ärmel des Schutzanzugs und programmierte einen neuen Alarm, während ich versuchte, nicht zu Katerchen zu schauen. Er sah viel zu klein aus, viel kleiner als sonst.

Oscar tätschelte mir etwas unbeholfen die Schulter.

Wir verschlossen die Kiste und Oscar tippte die Zeit ein. 26 Minuten.

Ich schaute hoch. Der Geier war immer noch da.

6 DIE KÄFERSCHLACHT

Der Schatten des Geiers hing irgendwie immer noch über mir, als die Nebel der Wilden Wege sich schon dicht um uns geschlossen hatten. In der Kiste lag Katerchen und erinnerte an ein verloren gegangenes Kuscheltier, das den Großteil seiner Füllwatte eingebüßt hatte. Ich fühlte mich seltsam leer, als wäre mein eigener Lebensstrang abgeklemmt worden. Als wäre ich gar nicht richtig *da*. In den Handschuhen des Schutzanzugs wurden meine Hände nass und rutschig vor Schweiß und ich musste mich darauf konzentrieren, den Trageriemen ordentlich festzuhalten.

Wieso wurde ich dieses quälende Gefühl nicht los, dass alles auf dem besten Weg dahin war, richtig, richtig schiefzugehen?

Die Wilden Wege waren farblos und kühl im Vergleich zu der Wüstenhitze, aus der wir kamen. Das Einzige, was hier rot leuchtete, waren die Zahlen auf der Uhr: 24:07. 24:06. 24:05 … Mit großer Anstrengung wandte ich meinen Blick vom Countdown ab. Man hätte meinen können, wir trügen eine Bombe und nicht die Zukunft der gesamten Wilden Welt in unseren Händen.

Denn genau darum ging es. Nicht nur um Tante Isas einzige Hoffnung, zu überleben. Oder um die letzte Chance für Kahlas Vater. Oder Shanaia. Frau Pomeranze und Herrn Malkin.

Wenn wir die Rabenküken nicht sicher in den Rabenkessel

brachten, dann würde es genauso kommen, wie Dr. Yuli vorhergesagt hatte: Die Wildhexen hätten keinen Ort mehr, an dem sie sich sammeln konnten, und in Kürze wäre die Welt genau so, wie Blutsschwester es sich vorgestellt hatte.

Natürlich konnte ich verstehen, dass meine kleine Katze da nicht im Weg stehen durfte. Und trotzdem sickerte etwas aus meinem Herzen, an der Stelle, wo der Wildsinn saß. Ich blutete, auch wenn man es nicht sehen konnte. Meine Beine waren schwer und plump und der Anzug fühlte sich nicht länger wie ein Schutz an, sondern wie ein Gefängnis, wie etwas, das mich einsperrte und dafür sorgte, dass ich weder fühlen oder sehen noch hören oder denken konnte.

»Clara?«

Es klang fern und dumpf. Oscar warf mir einen bekümmerten Seitenblick zu und ich sah, dass er sich meinetwegen Sorgen machte.

Ich nickte nur, um zu signalisieren, dass alles okay war, und beschleunigte meinen Schritt ein wenig. Je eher wir ankamen, desto besser. Ich wollte raus aus diesem Anzug, wollte Katerchen aus der Kiste holen und endlich nicht mehr die Verantwortung für die Zukunft der gesamten Wilden Welt auf meinen Schultern tragen.

14:24.

Mein Herz machte einen schmerzhaften Satz. Ich hatte das Gefühl, gerade erst den Blick vom Countdown abgewendet zu haben, und trotzdem war schon wieder so viel … nein, egal wie viel Zeit vergangen war. Wichtig war nur, wie viel uns noch blieb.

Weniger als eine Viertelstunde.

Schweiß rann mir über Gesicht, Brust und Rücken hinunter.

Der Anzug scheuerte auf der Haut, alles klebte so sehr, dass es immer schwerer wurde, sich damit zu bewegen. Vielleicht hätten wir ihn mit Kartoffelmehl pudern sollen, so wie Mama es mit den Gummihandschuhen machte, die sie beim Putzen benutzte. Sonst bekäme man sie gar nicht mehr runter, sagte sie immer.

Unter dem Anzug trug ich nur Unterwäsche, denn Dr. Yuli hatte gesagt, dass der Großteil meiner Kleider wegen der Gas-Reste »gesundheitsschädlich« war. Das war vielleicht ein Fehler gewesen, aber wir hatten keine Zeit gehabt, noch nach anderen Klamotten zu suchen, die mir gepasst hätten.

9:09. Die roten Zahlen brannten in meinen Augen.

Waren wir nicht bald da? Die Zeit lief uns in jeder Hinsicht davon.

Da kam etwas auf uns zu.

Ich nahm nur eine fegende Bewegung wahr, etwas Großes, Dunkles, dann rammte mich der Geier wie ein Torpedo das Schiff. Der Trageriemen glitt mir aus der Hand, als ich nach hinten stürzte. Ich sank in einen Untergrund, der sich anfühlte wie eine Mischung aus Nebel und Schnee, und rappelte mich gerade wieder auf, als erst ein lauter Knall ertönte und dann gleich noch eine ganze Salve hinterher. Ich musste das dunkelrote Gas gar nicht erst sehen, oder spüren, wie der kochend heiße Dampf den Schutzanzug erwärmte. Ich wusste längst, dass Blutsschwester uns gefunden hatte und dass sie nicht beabsichtigte, uns noch einmal entkommen zu lassen.

Gegliederte Insektenbeine marschierten über mich hinweg. Ein gepanzertes Hinterteil krümmte sich und aus der Spitze schoss ein weiterer blutroter Dampfstrahl. Ich sah, wie nur wenige Schritte entfernt eine der Bestien Oscar mit einem Schulterstoß umwarf.

Bombardierkäfer. Bombardierkäfer von der Größe kleiner Ponys.

Der Gestank und Geschmack von Blutkunst zerrte an meinem Wildsinn. Das hier war so falsch, wie etwas nur falsch sein konnte. So grotesk, dass es schwer vorstellbar war, wie eine Wildhexe die Natur auf diese Weise entstellen konnte.

»**HAUT AB**!«, schrie ich, aber es war, als würde der Schrei nicht richtig durch die Maske dringen. Ein Käfer stieß gegen die Kiste und warf sie um. Ich konnte Nichts' panische Augen sehen und die kleinen, verängstigt flatternden Rabenküken. Ich sah, wie Katerchens Körper schlaff auf die Seitenwand der Kiste rollte, noch immer unverändert leblos.

Ich hämmerte mit beiden Fäusten gegen den Unterkörper des Käfers, der versucht hatte, mich mit seinem Gas zu treffen. Genauso gut hätte ich gegen eine Mauer trommeln können. Nein, ein klein wenig gaben sie wohl nach, die plattenförmigen Panzerschuppen, einen Millimeter oder zwei. Aber davon abgesehen schien es keinerlei Effekt zu haben.

»**HAUT AB, HAUT AB, HAUT AB!**« Ich rief immer verzweifelter – aber auch immer schwächer. Mein Körper war so schwer. Was stimmte denn nicht? Der Anzug wirkte doch, ich merkte das Gas lediglich als eine leichte Wärme.

Ein schneidender Wildgesang brachte meine Trommelfelle fast zum Platzen. Zwei Käfer kippten um, der eine auf die Seite, der andere auf den Rücken. Seine Beine zappelten hilflos in der Luft und ein kleiner Gas-Pups entwich seinem Hinterteil. Offenbar war sein Vorrat aufgebraucht; es gab also eine Grenze, wie viel »Sprengstoff« diese Biester in ihrem Tank lagern konnten.

Zwei Käfer haben wir unschädlich gemacht, dachte ich. Nein, drei – Oscar hatte mit beiden Armen einen Käferkopf zu fassen bekommen und ich sah, wie sich seine Schultern mit einem kräftigen Ruck hoben. Die Fühler des Käfers ruderten blind hin und her, dann war ein leises Krachen zu hören, und auch wenn der Käfer noch weiterstolperte, musste er mehr oder weniger tot sein, denn der Kopf, der im Verhältnis zum Köper ohnehin sehr klein war, sah jetzt reichlich mitgenommen aus und baumelte nur noch an einem dünnen Faden vom Hals.

Aber es waren viel mehr. Unendlich viel mehr, so schien es mir zumindest. Ich kam auf die Knie, wurde aber wieder zurückgedrängt. Zwischen mir und der Kiste, zwischen mir und den anderen, waren jetzt drei Käfer. Ich hörte ein Zischen und Knistern, als hätte jemand einen Draht in die Steckdose geschoben, und ich vermutete, dass Kahla diesen bescheuerten nervenelektrischen Trick angewandt hatte, den sie neuerdings beherrschte. Ich glaubte, den verbrannten Geruch von geröstetem Käfer riechen zu können. Nein, das konnte nur Einbildung sein, die Gasmaske würde so einen Geruch gar nicht durchlassen.

Aber kam es mir nur so vor oder wurde der rote Schimmer des Gases wirklich schwächer?

Ja. Es verflüchtigte sich. Ein Käfer nach dem anderen hörte auf, seine Dampfladungen in die Luft zu schießen. Waren den kleinen Chemiefabriken im Hinterleib etwa die Enzyme, oder wie Dr. Yuli das Zeug genannt hatte, ausgegangen?

Die Käfer waren immer noch da. Sie waren immer noch groß. Aber ohne das Gas waren sie nur ein lästiges Hindernis, das aus dem Weg geräumt werden musste. Sie hatten keine riesengroßen Kieferklauen oder gefährliche Scheren. Und wenn ich mich nun unter einen Käfer ducken und dann wieder aufstehen würde …?

Es war ein bisschen so, als benutzte man sich selbst als Wagenheber. Der Käfer kippte um und landete auf dem Rücken. Ich machte dasselbe bei dem nächsten. Wenn sie erst einmal auf dem Rücken lagen, waren sie komplett hilflos.

Wir würden gewinnen. Kein Zweifel. Aber wie viel Zeit hatte uns das gekostet?

Mein StarPhone lieferte die Antwort, indem es anfing, an meinem Unterarm zu vibrieren.

In der Kiste war nur noch Luft für eine Minute.

Und genau in diesem Augenblick tauchte Bravita Blutsschwester höchstpersönlich aus dem Nebel auf.

Sie hatte ihre Egel inzwischen besser unter Kontrolle, das konnte man sehen. Sie hatte begonnen, sie zu einer Gestalt umzuformen, die zweifellos an einen Menschenkörper erinnerte. Sie hatte ein Gesicht – es bewegte sich seltsam und hatte merkwürdige Beulen, es gab keine richtige Nase und Augen und Mund waren nur Höhlen. Aber es *war* ein Gesicht.

Der Körper hatte Arme und Beine und so etwas Ähnliches wie Hände. Sie hatte eine Art Haut geschaffen, die die Egel zusammenhielt, und ich glaube, sie hatte sich Iljas bonbonbunten Rock geklaut, denn irgendetwas Stoffartiges klebte am Egelkörper und verlieh ihm mehr Form. Ob sie wohl mit der Zeit normal aussehen würde …? Nein, normal war sicher zu viel verlangt, aber doch insoweit menschlich, dass man sich auf den ersten flüchtigen Blick täuschen konnte?

Noch war das nicht möglich. Sie war unübersehbar ein Wiederkommer. Ihr Hunger und ihr Lebenswillen schlugen mir entgegen wie ein Gestank, der sich von Gasmasken und Schutzanzügen nicht aufhalten ließ. Es war der Wildsinn, dem übel wurde.

Unwillkürlich machte ich einen Schritt nach vorne, um sie von der Kiste fernzuhalten, aber daran war sie gar nicht interessiert. Vielleicht hatte sie noch nicht kapiert, dass die Raben dort drinnen waren? Ihre dunklen Augenhöhlen waren direkt auf mich gerichtet. Eine Welle von Egeln schwappte mir entgegen, klatschte gegen meine Füße, meine Beine. Sie krochen an mir hoch, suchend und hungrig.

Ich beachtete sie kaum. Ich konnte an nichts anderes denken, als an Katerchen, die Raben und Nichts, die hilflos in der Kiste festsaßen. Es blieb ihnen weniger als eine Minute Zeit, bis ihnen die Luft ausging und sie langsam ersticken würden.

Jetzt ging es um jede Sekunde.

Ich kämpfte mit dem Seil, das mich immer noch mit den anderen verband. Die Handschuhe machten meine Finger dick und ungeschickt, aber schließlich gelang es mir, den Knoten zu öffnen.

»**Kahla!**«, schrie ich, so laut ich konnte, nicht nur mit meiner Stimme, sondern auch in meinem Inneren. »**Bring sie hier raus. Jetzt!**«

Kahla warf mir einen verzweifelten Blick durch Käfergetümmel, Gaswolken und Egelwellen zu. Aber ich konnte sehen, dass meine Botschaft angekommen war. Und bevor ich es mir anders überlegen, bevor ich so richtig Angst bekommen konnte, machte ich ein paar egelschwere Schritte auf Blutsschwester zu und stürzte mich auf sie, als wäre ich in einem Rugbykampf, in dem sie der Angreifer war, den es zu stoppen galt.

Ich glaube, das überrumpelte sie total.

Sie hatte bestimmt erwartet, uns hilflos, hustend und blind vorzufinden. Und das Letzte, womit sie gerechnet hatte, war mit Sicherheit mein plumper Versuch, sie mit physischer Gewalt umzuhauen. Es war genau, wie Dr. Yuli gesagt hatte: Starke Wildhexen hatten oft die Schwäche, dass sie nur in magischen Lösungen denken konnten.

Die dünne Haut, die sie so sorgfältig gebildet hatte, riss einfach auf. Bravita fiel auseinander wie ein Zombie, der schon ein bisschen zu lange tot war. Ich rammte nicht so sehr einen Körper, sondern viel mehr eine schwabbelige Masse aus Weichtieren.

Hinter mir im Nebel tat sich etwas und für einen Moment fühlte ich nichts als Erleichterung, weil ich wusste, dass Kahla und die anderen jetzt weg waren. Ich konnte sie nicht mehr spüren, weder mit meinen gewöhnlichen Sinnen noch mit dem Wildsinn. Sie waren in Sicherheit. Hier gab es nur noch Bravita und mich. Das heißt … nein, warte. War da trotzdem noch … jemand?

Ich hatte keine Zeit, um darüber nachzudenken. Ich musste das Überraschungsmoment voll ausnutzen, wenn ich eine Chance haben wollte, die Blutsschwester kleinzukriegen oder sie zumindest so weit zu schwächen, dass sie die Rabenküken und die anderen nicht verfolgen konnte. Katerchen, Kahla, Oscar, den kleinen Arkus und Nichts … »Du wirst sie niemals wiedersehen«, jammerte eine leise, verzagte Stimme in meinem Kopf, aber darauf konnte ich jetzt nicht hören. Es musste genügen, dass ich sie gerettet hatte, dass es ihnen gelungen war zu entkommen. Und wenn das alles nicht umsonst gewesen sein sollte, musste ich die Blutsschwester jetzt stoppen, so gut ich eben konnte, damit sie die anderen nicht einholte, bevor sie den Rabenkessel erreicht hatten.

Ich zerrte und riss an dem Egelklumpen, schleuderte die fetten, blutgefüllten Tiere in alle Richtungen und verstreute ihre zusammengeklaubte Lebensmasse in alle Winde. Ich konnte Bravitas rasenden Zorn deutlicher spüren als die Egel, die mich ja gar nicht erreichen konnten. Vor ihnen war ich in meinem verschwitzten Schutzanzug in Sicherheit.

Bravitas Hunger war eine andere Sache. Der ließ sich nicht von drei Schichten Kunstfaser aufhalten.

Sie wollte meinen Körper und meine Lebenskraft, wollte beides übernehmen, darin wohnen, mich verschlingen. Aber mein Angriff hatte sie geschwächt und verwirrt und ich sammelte all die Wildheit und Wildkraft, die ich in mir trug, und schleuderte sie ihr mit dem einzigen Wildhexentrick entgegen, den ich je wirklich, wirklich gut beherrscht hatte.

HAU ENDLICH AB, DU MONSTER!!!

Die Wildhexennebel um mich herum vibrierten elektrisch. Egel explodierten in alle Richtungen. In meinem Kopf zersprang etwas in eine Menge knisternder Funken und dann wurde es für sehr lange Zeit ganz schwarz.

7 HARFENTÖNE

Als ich wieder zu mir kam, wusste ich sofort, dass ich auf den Wilden Wegen war. Ich musste die Augen gar nicht öffnen, ich konnte es fühlen: dieses *falsche* Gefühl, weder Erde noch Stein, Asphalt oder Gras unter sich zu haben, sondern nichts als … Nebel.

»Clara? Bist du … wach?«

Seine Stimme klang sehr vorsichtig und auch … ein klein wenig verloren. Als hätte er schon sehr oft gefragt, ohne eine Antwort zu bekommen.

Es war Oscar – überrascht schlug ich die Augen auf.

»Was machst du denn hier?«, fragte ich vorwurfsvoll. Es war doch schließlich Sinn der Sache gewesen, dass er sich mit den anderen in Sicherheit brachte. Nur deshalb hatte ich doch …

Die Erinnerungen überrollten mich. Die Bombardierkäfer, das Gas, die Egel und Blutsschwester. In meinem Kopf drehte sich alles, aber ich kämpfte mich trotzdem ins Sitzen hoch. Wo war sie? War sie wirklich … weg?

Jedenfalls war sie nirgends zu sehen oder zu spüren. Auch nicht in meinem Inneren. Ich war ich selbst – sie hatte nicht gewonnen, hatte mich nicht verschlungen und meinen Körper nicht in Besitz genommen. Vor lauter Erleichterung wäre ich um ein Haar wieder ohnmächtig geworden.

»Bist du okay?«

Oscar hatte immer noch den Schutzanzug an, aber er hatte die Versiegelung geöffnet und den »Raumfahrerhelm« abgesetzt. Mir wurde bewusst, dass mein eigener Helm auch nicht mehr da war – er hatte ihn mir offenbar abgenommen, als ich bewusstlos war.

»Ja«, sagte ich. »Ich bin okay. Wieso bist du nicht bei den anderen?«

»Es sah so aus, als ob du ein bisschen Hilfe gebrauchen könntest«, sagte er. »Da dachte ich mir, es wäre das Beste, bei dir zu bleiben.«

»Oscar. Du bist so ein Idiot!«

Er sah ein bisschen gekränkt aus, aber er war wohl zu müde, um sich darüber aufzuregen.

»Wieso?«, fragte er nur.

»Weil … ohne Kahla …«

»Weil was?«

Offenbar musste ich deutlicher werden.

»Ich kann uns hier nicht rausbringen, das weißt du doch! Deshalb solltest du … solltet ihr alle … dass nur ich …«

Er hob eine Augenbraue.

»Hast du deshalb das Seil aufgeknotet?«, fragte er.

Ich nickte.

»Sie war hinter *mir* her«, sagte ich. »Wäre ich mit euch mitgekommen, wäre sie uns einfach gefolgt.«

Er sagte eine Weile nichts mehr.

»Das war ganz schön mutig«, sagte er dann.

Mein Herz machte einen kleinen, warmen Satz. Das war ein Lob, das ich nicht so oft zu hören bekam.

»Aber wenn du wusstest, dass du hier alleine nicht wieder

rausfinden würdest«, sagte er dann, »wie sollte es dann deiner Meinung nach jetzt weitergehen?«

»Gar nicht«, sagte ich. »Ich habe einfach gehofft, dass ... dass die Raben wohlbehalten nach Hause kommen und ihr alle ... alle ... überlebt. Und dass ich ... dass ich vielleicht mit der Blutsschwester fertigwerden würde, ohne dass noch mehr zu Schaden kommen.«

»Und? Ist es dir gelungen?«

»Ich weiß es nicht. Ich glaube, ich ... habe sie verletzt, sofern man jemanden verletzten kann, der gar nicht richtig lebt. Ich ... habe ihre Lebensmasse verteilt. Ich glaube, sie ist auf jeden Fall geschwächt ...«

»Aber du hast nicht damit gerechnet, einen Ausgang aus den Wilden Wegen zu finden?«

»Nein, das habe ich doch schon gesagt. Deshalb bist du ja ein Idiot.«

»Ich glaube eher, dass es ziemlich gut ist, dass ich noch hier bin«, sagte er fest.

»Wieso?«

Er sah mich mit einem provozierend breiten Grinsen an, obwohl es wahrlich nichts zu lachen gab.

»Weil dir jetzt gar nichts anderes übrig bleibt, als es zu versuchen«, sagte er dann.

Er hatte recht. Wäre ich alleine gewesen, wäre ich vermutlich nicht mal mehr aufgestanden. Mein Kopf tat schrecklich weh und ich fühlte mich leer und so seltsam ... skelettlos. Als wären die Nebel im Begriff, meine Knochen von innen heraus aufzulösen. Vielleicht geschah genau das, wenn man zu lange auf den Wilden Wegen blieb – man wurde im Inneren immer grauer und nebliger, bis man sich schließlich hinlegte und starb.

Aber das konnte ich unmöglich tun, weil es zugleich bedeutete, dass Oscar und Eisenherz ebenfalls sterben würden.

Ich stand auf und ging los. Ohne bestimmte Richtung, zumindest am Anfang. Oscar folgte mir.

»Solltest du nicht singen?«, fragte er. »Macht man das nicht eigentlich so? Mit diesem Wildgesang?«

»Ich habe Kopfweh«, sagte ich. »Und außerdem weißt du ganz genau, dass ich ungefähr so gut singen kann wie ein Frosch.«

Schweigend gingen wir weiter. Ich versuchte, mir den Rabenkessel vorzustellen, versuchte, mir selbst einzureden, dass wir dorthin unterwegs waren. Aber abgesehen davon, dass meine Kopfschmerzen schlimmer und meine Beine müder wurden, tat sich nichts.

»Warte mal«, sagte Oscar. »Das wird so nichts.«

Er hatte recht, aber was hätten wir sonst tun sollen?

»Hast du eine bessere Idee?«, fragte ich, eher müde als sarkastisch.

»Hast du denn keine Musik auf diesem StarPhone? Mitsummen kannst du ja schließlich, wenn du ein Lied kennst. So wie damals, als wir mit dem Hort im Schullandheim waren.«

Also, wenn er die Absicht hatte, mir die Lust am Singen endgültig zu vermiesen, dann war das genau der richtige Weg. Ich erinnerte mich nur zu gut daran, wie ich auf meinem Stockbett saß, die Augen geschlossen und Kopfhörer auf, und eins meiner Lieblingslieder von Electra hörte. Ich dachte, ich wäre alleine. Zumindest so lange, bis ich die Zugluft bemerkte. Als ich die Augen aufmachte, standen Oscar, Henriette und drei andere

Mädchen aus meiner Klasse in der Tür und kicherten. Das heißt, Oscar grinste nur, eher freundlich, aber die anderen gaben mir das Gefühl, die peinlichste Idiotin der Welt zu sein.

»Ich habe keine Musik gespeichert«, sagte ich nur.

»Gib es mir einfach mal kurz.«

Ich blieb stehen und angelte das Handy aus dem Ärmel des Schutzanzugs. Wenn Oscar erst einmal eine fixe Idee hatte, konnte man genauso gut gleich nachgeben.

»Ich wusste es«, sagte er einen Augenblick später triumphierend. »Wir haben noch das hier!«

Sekunden später erklangen die ersten traumartigen Töne. Ich erkannte das Lied sofort – es war das Stück, das Oscar im Labyrinth für Asterion abgespielt hatte. Besser gesagt – für den Minotaurus, denn zu dem Zeitpunkt wussten wir ja noch nicht, wie er hieß und dass er eigentlich sehr nett war. Oscar selbst war total verrückt nach diesem Lied, weil es in seinen Ohren total fantasymäßig klang. Wie hieß die Band noch gleich? Carmelia. Ihre Musik hatte *wirklich* etwas Märchenhaftes und beinahe Magisches an sich, das musste ich zugeben. Die Harfentöne hatten einen zarten, zerbrechlichen Silberklang und man konnte sich ohne Schwierigkeiten vorstellen, dass die Sängerin eine Elfenfrau mit spitzen Ohren und langen goldenen Haaren war.

Ich stand eine Weile da und lauschte.

»Jetzt sing schon mit«, sagte Oscar.

»Dann mache ich ja alles kaputt. Das ist viel zu peinlich.«

Er stemmte die Hände in die Seiten und musterte mich.

»Okay, nur damit ich das hier richtig verstehe … Wir sind mutterseelenallein, sitzen auf den Wilden Wegen fest und werden hier womöglich sterben, aber du willst nicht singen, weil es dir *peinlich* ist?«

Als er es so deutlich sagte, merkte ich selbst, wie bescheuert das war.

Ich seufzte und fing an, die Melodie, so gut ich konnte, mitzusummen. Das Lied hatte keinen Text. So gesehen erinnerte es tatsächlich sehr an Wildgesang.

Ich war heiserer als die Rabenküken und die ersten Töne waren nah daran, meinen armen Kopf in Stücke zu sprengen, aber dann wurde es besser. Oscar sang ebenfalls mit, er hat wirklich eine ganz hübsche Stimme. Wenn schon nichts anderes, so fiel mir das Gehen auf diese Weise zumindest leichter.

»Clara?«, sagte Oscar, als ich für einen Moment aufhörte, um Luft zu holen. »Mach weiter ... Ich glaube ... ich glaube, es wirkt tatsächlich!«

Oscar fiel es schon immer leichter als mir, an irgendetwas zu glauben. Leichter, an sich selbst zu glauben, leichter, an mich zu glauben. Mir wurde bewusst, wie viel mir das in meinem Leben eigentlich bedeutete. Ich denke nicht, dass ich ohne ihn in so vielen Situationen den nötigen Mut und die Kraft aufgebracht hätte. Ich wäre wohl nie eine richtige Wildhexe geworden. Chimära, Lamia und Blutsschwester hätten ein viel leichteres Spiel mit mir gehabt. Vielleicht wäre ich gar nicht mehr am Leben. Oder noch schlimmer – vielleicht hätte Blutsschwester mich schon lange verschlungen und meinen Körper übernommen.

Ich musste Oscar einfach retten. Und wenn es das Letzte war, was ich tat. Ich ignorierte die Kopfschmerzen und die totale Erschöpfung musste ganz einfach warten. Ich marschierte mit geballten Fäusten weiter und sang, so wild ich konnte.

»La-la-la-la-la-la-la-LAAAAAAHHHH ....«

Mag sein, dass es nicht schön klang, aber zumindest war es laut.

Und plötzlich war der Nebel nicht mehr ganz so dicht. Geräusche drangen zu uns durch, erst fern, dann immer deutlicher und näher. Und das Merkwürdigste war … es klang wie ein Echo der Musik, die aus meinem StarPhone strömte. Harfentöne. Eine elfenhafte Frauenstimme.

Carmelia.

Es war dunkel und kühl, ein feiner Nieselregen legte sich auf meine Haare und auf mein Gesicht und linderte die Kopfschmerzen ein wenig. Es duftete nach Nadelwald und nassem Asphalt und vor uns, zwischen den Bäumen, schimmerte der goldene, knisternde Schein eines Lagerfeuers.

Oscar umarmte mich stürmisch und hob mich in die Luft.

»Du hast es geschafft!«, rief er. »Du bist die *wildeste* Wildhexe der Welt!«

8 CARMELIA

Es war schwer zu sagen, wo genau wir waren. Jedenfalls ziemlich weit weg von der sonnenverbrannten Wüste. Der Himmel über uns war immer noch dunkelblau, aber hier, zwischen den Bäumen, war die Dunkelheit nachtschwarz und dicht. Ein Meer von Sternen funkelte über den Baumwipfeln und irgendwo in der Nähe hörte man das Rieseln eines Bachs.

»Ich habe Durst«, sagte ich, obwohl ich eigentlich erst da merkte, wie trocken mein Hals war.

»Jep«, sagte Oscar. »Ich auch. Aber … wollen wir nicht einfach hingehen und mal ›Hallo‹ sagen?«

Die Musik strömte uns immer noch entgegen und mir wurde klar, dass wir da weder einen CD-Player noch irgendein anderes elektronisches Gerät hörten. Das hier war echte Musik. Drüben am Feuer, vielleicht hundert Meter oder weniger von uns entfernt, saß irgendjemand, der sang und Harfe spielte. Das heißt, nein … nicht irgendjemand. Denn es bestand überhaupt kein Zweifel daran, dass das Lied, das wir hörten, von Carmelia war.

An einem Rastplatz parkte ein leicht ramponierter Minibus. Er stand ziemlich schief und es sah ganz danach aus, als hätten gleich zwei Reifen einen Platten. Er war in allen Regenbogenfarben bemalt und über die ganze Seitenfläche stand in großen knallgelben Buchstaben CARMELIA geschrieben, wobei man an dem alten Schriftzug darunter noch immer erkennen konnte, dass der Bus früher einmal zu »Richards Touristen-Bussen« gehört hatte.

Die Band hatte mitten auf dem Rastplatz ein Lagerfeuer angezündet und ein paar Sitze aus dem Minibus angeschleppt, um es sich gemütlicher zu machen. Sie waren zu viert und jeder von ihnen hielt ein Instrument. Ein Mann in den Vierzigern mit einem dichten dunklen Vollbart beugte sich über eine abgenutzte alte Gitarre. Eine etwas jüngere Ausgabe von ihm – mit bedeutend spärlicherem Bartwuchs – spielte auf einer dieser kleinen irischen Flöten. Eine junge Frau, die an allen Fingern der rechten Hand glitzernde Fingerhüte trug, trommelte damit sachte auf ein Waschbrett. Sie hatte langes, glattes Haar und einen Cowboyhut auf dem Kopf. Doch es war die Frau mit der Harfe, die unsere Aufmerksamkeit auf sich zog, sodass wir unseren Blick kaum von ihr abwenden konnten.

Sie war weder jung noch popstar-schön. Selbst in dem schwachen Licht des Feuers konnte man erkennen, dass ihre honigfarbenen Haare langsam grau wurden und ein wenig Spliss in den Spitzen hatten. Ganz offensichtlich waren sie in letzter Zeit nicht in den Genuss der zahllosen beworbenen Haarpflegeprodukte gekommen. Sie hatte eine Wolljacke an, die mit Sicherheit selbst gestrickt war, zumindest hatte ich so ein Muster noch nie irgendwo sonst gesehen – sie war im Wesentlichen grün, aber in unregelmäßigen Reihen waren darauf gelbe und rote katzenähnliche Tiere verteilt, umgeben von gelben Sternen.

Im Schoß hielt sie eine Harfe, deren Saiten weich und golden im Schein des Feuers schimmerten. Ihre Stimme verschmolz mit den Harfentönen, verband sie miteinander, und der Klang war hier – in der Wirklichkeit, an einem Feuer mitten im Wald – so märchenhaft, dass ich sicherheitshalber ein zweites Mal hinsehen musste. Aber nein, ihre Ohren waren ganz normal und menschlich, nicht spitz wie die einer Elfe.

»Sie sind es«, sagte Oscar und bemühte sich, die Musik nicht zu stören. »Das ist Carmelia.«

Magie folgt ihren eigenen Naturgesetzen. Wir waren der Musik durch die Nebel der Wilden Wege gefolgt und deshalb hier angekommen, genau da, wo die Musik herkam.

Als uns die Frau mit der Elfenstimme bemerkte, stockte sie mitten im Lied und die Harfe rutschte ihr fast aus der Hand. Mit großen, erschrockenen Augen starrte sie uns an – nein, mich.

»Entschuldigen Sie, dass wir stören«, sagte Oscar schnell. »Äh ... wir sind zufällig vorbeigekommen und da ... haben wir die Musik gehört und ...«

»Wohnt ihr hier in der Nähe?«, fragte der junge Mann mit dem etwas kümmerlichen Bart aufgeregt. »Wir könnten nämlich ein bisschen Hilfe gebrauchen. Wie ihr seht ...« Er nickte in Richtung des Minibusses. »Wir haben nur ein Reserverad und in den drei Stunden, in denen wir jetzt schon hier sitzen, ist nicht ein einziges Auto vorbeigekommen ...«

»Wir ... kennen uns in dieser Gegend selbst nicht besonders gut aus«, sagte ich zögernd.

»Aber ihr wisst doch bestimmt, wo das nächste Haus ist?«, fragte er.

Es war nicht ganz einfach, ihm zu erklären, dass wir absolut keine Ahnung hatten, weil wir gerade eben aus den Nebeln der Wilden Wege geplumpst waren. Und die Sache wurde auch nicht weniger seltsam dadurch, dass wir immer noch in unseren

Schutzanzügen herumliefen. Hatte die Carmelia-Sängerin deshalb fast ihre Harfe fallen lassen?

Sie war inzwischen aufgestanden und hatte ihr Instrument abgelegt.

»Sei nicht so unhöflich, Kieran«, sagte sie zu dem jungen Mann mit der Flöte. »Kommt her, ihr zwei, und setzt euch, dann wird euch warm. Die junge Dame hier heißt Tilly und ist meine Tochter, der bärtige Bär mit der Gitarre ist mein Mann Devan und der Kerl mit den vielen Fragen heißt, wie gesagt, Kieran. Er und Tilly sind verlobt. Meine Name ist Carmelia.«

»Das wissen wir«, sagte Oscar mit Sternenglanz in den Augen. »Ich *liebe* Ihre Musik.«

Das brachte alle vier zum Lachen.

»Na, dann bist du doppelt willkommen«, sagte der große, bärtige Devan grinsend. »Denn *wir* lieben Menschen mit gutem Geschmack.«

Es dauerte nicht lange und ein weiterer Sitz war aus dem Bus geholt – Kieran war ganz offensichtlich schon an das Manöver gewöhnt – und Oscar und ich saßen beide am Feuer, jeder mit einer Tasse Tütensuppe und einer Flasche Wasser in den Händen. Oscar bekam eine Handvoll Cornflakes für seine »zahme Maus« und Eisenherz trank durstig ein bisschen Wasser aus dem Deckel von Oscars Flasche.

Carmelia beobachtete die beiden mit einem sonderbaren Ausdruck in den Augen. Sehnsüchtig und ängstlich zugleich.

»Wie lange hast du den kleinen Eisenherz schon?«, fragte sie.

»Nicht so lange«, antwortete Oscar. »Ein paar Wochen oder so ...«

Sogar noch weniger. Aber es gab keinen Grund, das zu erzählen.

»Dann ist er aber schnell zahm geworden«, sagte sie.

»Äh ... ja«, bestätigte Oscar. »Aber er ... war schon ziemlich zutraulich, als ich ihn bekommen habe.«

»Ist das nicht eigentlich ein Siebenschläfer?«, fragte Carmelia.

»Doch«, sagte Oscar überrascht. »Aber die meisten Menschen kennen den Unterschied gar nicht. Obwohl ... mit dieser Maske, die er hat ...«

Ein seltsam beunruhigendes Gefühl breitete sich langsam in meinem Magen aus. Ich meine, die vier waren wirklich nett und Oscar war natürlich im siebten Fan-Himmel angekommen, der ahnte bestimmt nichts Böses. Aber mir kam die Art, wie Carmelia uns betrachtete, irgendwie komisch vor. Vor allem die Art, wie sie mich ansah. Als könnte sie den Blick gar nicht mehr von mir losreißen.

Ich wünschte, es käme bald ein Auto vorbei. Aber vielleicht hatten sie nach dem Chaos, das Bravita mit ihrem Rabensturm angerichtet hatte, die Straßen noch nicht wieder richtig frei geräumt. Mein StarPhone hatte Netz und trotzdem konnten wir weder einen Automechaniker noch sonst jemanden erreichen. Es kam immer nur das Besetzt-Zeichen.

»Na ja ... wir sollten zusehen, dass wir langsam wieder aufbrechen«, sagte ich vorsichtig.

»Es ist stockfinster«, sagte Devan. »Wieso bleibt ihr nicht, bis es hell wird? Wir haben bestimmt noch irgendwo einen Schlafsack oder zwei.«

»Das klingt besser, als im Dunkeln hinzufallen und sich beide Beine zu brechen«, sagte Oscar.

»Ja, aber ...« War ihm denn nicht klar, wie eilig wir es hatten? Wir wussten nicht mal, ob Kahla und die anderen sicher im Rabenkessel angekommen waren. Wir hatten keine Ahnung, wo

Bravita war und ob es mir geglückt war, sie ausreichend zu schwächen, damit die anderen entkommen konnten. Und wenn die Rabenküken in Sicherheit waren – würde es dann auch gelingen, Tante Isa und ihren Hexenkreis ins Leben und in die normale Zeit zurückzuholen?

Doch meine Augenlider wurden schwer und auch mein Körper war kraftlos und müde. Mein Magen grummelte ungemütlich und wusste nicht, ob er mehr essen oder die lauwarme Tütensuppe, die in ihm herumschwappte, lieber wieder loswerden wollte.

Carmelia musterte mich über die Glut des erlöschenden Lagerfeuers hinweg.

»Schlaf einfach«, sagte sie. »Hier geschieht euch nichts.«

Sie sagte es freundlich und beruhigend. Und auch wenn ich ihr nicht ganz über den Weg traute, schlossen sich meine Augen ganz von alleine und ich merkte nur noch vage, wie mich jemand mit etwas Weichem zudeckte.

Katerchen, dachte ich. Vielleicht konnte ich ein kleines Zeichen erhaschen, das mir verriet, wo er war und was dort vor sich ging. Wenigstens so viel, dass ich mir sicher sein konnte, dass Blutsschwester ihn und die anderen nicht erwischt hatte. Nachdem der Schlaf meine anderen Sinne heruntergefahren hatte, öffnete ich den Wildsinn und fing an zu suchen.

Doch was ich fand, war nicht mein Katerchen.

9 DAS BLUT DES STIERS

Der Hunger trieb sie fast in den Wahnsinn. Dieses schreckliche kleine Hexenkind und ihr erbärmlicher sogenannter Hexenkreis … wie konnten sie sie auf diese Weise schlagen? Wieso waren sie dem Käferangriff nicht erlegen? Wie konnte ein Mädchen, das man kaum eine ordentliche Wildhexe nennen konnte, Bravita Blutsschwester besiegen? Das alles ergab keinen Sinn, aber genau so war es geschehen. Sie hatte den Großteil ihrer sorgsam zusammengesammelten Lebensmasse verloren. Sie musste wieder fressen, verzehren, verschlingen, Leben stehlen. Sie erwog auch dieses Mal wieder, die alte Egelhexe zu nehmen, aber auch wenn Ilja inzwischen noch tiefer in ihrer Erschöpfung und Verwirrung versunken war, war sie doch immer noch eine voll ausgebildete Wildhexe. Es würde nicht einfach werden, ihre Abwehr zu überwinden. Und was bekäme man für seine Mühe? Einen kaputten, leeren Kadaver, der kaum mehr am Skelett klebte.

Nein. Sie brauchte ein besseres Werkzeug. Sie hatte so viel vor – so viele Feinde der Wilden Welt, die sie besiegen musste. Sie trampelten über uralte Heiligtümer, sie zähmten, benutzten und missbrauchten Tiere, die eigentlich wild sein sollten. Ihre Maschinen walzten rücksichtslos über Eisenschienen und Teerstraßen und hinterließen eine Spur getöteter oder gelähmter Geschöpfe, die sie nicht einmal aufhoben, um sie zu essen.

Essen. Oh, dieser verfluchte Hunger. Jeder einzelne kleine Egelteil dieses demütigenden, widerlichen Körpers, der ihr geblieben war, schrie nach Nahrung.

Sie musste eine Mahlzeit finden, die groß genug war, um ihr Verlangen zu stillen, wenigstens für eine Weile.

Die heutigen Hexen waren eine elende Ansammlung von Schwächlingen, dass sie so etwas zuließen – dass sie jämmerliche kleine Menschen ohne Wildsinn, ohne Magie, auf diese Weise schalten und walten ließen. Das musste sich ändern. Aber erst …

Der Stier war alleine auf seiner Weide. Er lag im feuchten Gras und döste, aber er schlief nicht. Sie konnte seine ruhigen, langsamen Stier-Gedanken spüren. Seine nasse Nase streifte ein Grasbüschel, seine Zunge schob sich nach vorne, wickelte sich um das Gras und zog es in sein Maul, seine Kiefer begannen zu mahlen. Er wackelte mit den Ohren und dachte an Kühe und Kälber, mit einem vagen, einsamen Sehnen nach Gesellschaft und Nähe, nach den Geräuschen anderer kauender Wesen, nach warmen Flanken, wedelnden Schwänzen und dem Duft von Milch.

Er war so schläfrig, dass er gar nicht merkte, wie die ersten Egel sich festsetzten. Erst als der Großteil seines Hinterleibs von ihren eifrigen, blutsaugenden kleinen Dienern bedeckt war, stieß er ein Gebrüll aus und versuchte, auf die Beine zu kommen, doch da war es schon zu spät.

Blut. Pulsierendes, duftendes rotes, nährendes Blut. Sie nahm nichts anderes wahr. Blut und Leben, Blut und Leben. Ihr Hunger war so gewaltig, dass nichts anderes in diesem Augenblick Bedeutung hatte.

Als sie fertig war, war nicht mehr viel von ihm übrig. Die Stärke des Stiers, sein kräftiger Nacken, seine breite Stirn und sein mächtiger Rücken, seine Schenkel waren nichts als ein Haufen Knochen und eine papierdünne, mumienartige Haut, die eingetrocknet an den Rippenbögen und der knochigen Schädeldecke klebte. Sie fühlte einen Stich von Reue, aber nur einen ganz kleinen. Es war nötig gewesen. Wenn sie nichts verzehrte, konnte sie nicht leben. Wenn sie nicht lebte, konnte sie nicht handeln. Und Handeln – Handeln, Kampf und Krieg – war das, was nötig war.

Sie versammelte ihre Diener und kroch zurück zu Ilja. Die Egelhexe saß auf der Mauer, die die Wiese umgab. Sie richtete sich auf, als sie die Egel kommen sah, und blinzelte verwirrt mit den Augen.

»Können wir jetzt Lia suchen?«, fragte sie mit zitternder, kindlicher Stimme.

Deine Tochter ist tot. *Es war so nervtötend, dass sie diese simple Erkenntnis immer und immer wieder in den wackelnden Verstand der Egelhexe einhämmern musste, aber wenn sie es nicht tat, war dieses Weib nicht zu steuern.*

»Tot? Nein, sie kann nicht tot sein«, murmelte Ilja. »Sie ist so ein liebes kleines Mädchen, und liebe kleine Mädchen gehen nicht einfach hin und sterben …«

Tot. Tot, tot, tot. Erinnerst du dich nicht mehr? Milla Ask hat sie umgebracht.

Endlich kapierte die alternde Hexe, worum es ging.

»Milla Ask. Ja. Das stimmt. Sie hat mein liebes kleines Mädchen umgebracht.«

Genau. Und jetzt wirst du dich dafür rächen, nicht wahr?

»Ja. Das stimmt. Rache!«

Die Egel schwärmten aus, um an Iljas Bein hochzukriechen, unter die Röcke. Sie jammerte ein bisschen und zuckte unruhig.

»Nicht so viele«, bat sie. »Ich kann nicht so viele tragen.«

Liegt dir nichts mehr an deiner Rache?

»Doch. Rache für mein kleines Mädchen. Aber ich bin so müde …«

Sie verlor die Geduld. Mit ihrem Zorn, mit ihrer neu gewonnenen Blutkraft trieb sie das erbärmlich wimmernde Geschöpf auf die Beine, zwang sie weiter, zwang sie vorwärts. Sie musste bald einen besseren Diener finden. Und noch wichtiger – einen besseren Körper. Milla Ask.

Nicht so jung wie ihre Tochter Clara, aber eine leichtere Beute. Und dennoch eine Wildhexe und somit ein passendes Werkzeug, dessen Kräfte sie ihren eigenen hinzufügen konnte. Dann würden sie schon sehen, wozu Bravita Blutsschwester in der Lage war!

Milla Ask, *wiederholte sie*. Los geht's!

Die Egel kannten den Duft der Beute bereits und noch dazu war es die Richtung, in die sich die Egelhexe am einfachsten lenken ließ.

»Was ist los?«, murmelte Oscar verschlafen. »Wieso schreist du so?«

»Meine Mutter«, sagte ich. »Blutsschwester will sich meine Mutter holen.«

Der letzte Rest des Feuers brannte noch in der Dunkelheit und warf einen flackernden Lichtschein auf die Decken und Rucksäcke und schlummernden Musiker. Das heißt ... nicht alle schliefen. Ich sah Carmelias wachen Blick und wusste nicht, ob mein Schrei sie geweckt hatte oder ob sie schon die ganze Zeit so dagesessen und mich auf diese seltsame Weise angesehen hatte.

»Woher weißt du das?«, fragte Oscar.

»Ich habe es geträumt«, sagte ich.

»War es nur ein Traum?«

»Nein«, sagte ich und ein eisiger Schauer der Angst fuhr durch meinen Körper. »Es war *nicht* nur ein Traum.« Denn ich wusste, dass das, was ich geträumt hatte, in Wirklichkeit geschehen war mit derselben Sicherheit, als hätte ich selbst auf dieser Weide gestanden und die vertrockneten Überreste des Stiers gefunden.

»Wer ist Blutsschwester?«, fragte Carmelia. »Und was meinst du damit, dass sie sich ... deine Mutter holen will?«

»Sie ist ein Wiederkommer«, sagte Oscar, bevor ich ihn davon abhalten konnte. »Eine böse, vierhundert Jahre alte Hexe, die sich weigert zu sterben.«

Also, so etwas sagt man nun wirklich nicht zu Leuten, die selbst keine Wildhexen sind. Und schon gar nicht zu *Erwachsenen*, die keine Wildhexen sind.

Aber Carmelia nahm es verblüffend ruhig auf und verlor kein Wort über »lebhafte Fantasie« oder sagte etwas wie »aber du weißt schon, dass es in Wahrheit keine Hexen gibt, nicht wahr?«

»Clara ... wie heißt deine Mutter?«, fragte sie stattdessen.

»Milla«, sagte ich. »Milla Ask.«

»Und du sagst, sie ist in Gefahr?«

»Ja! Und, es tut mir sehr leid, aber ich habe jetzt wirklich keine Zeit, hier herumzustehen und zu reden, weil –«

»Nein, du hast recht. Wir müssen uns beeilen. Aber du wirst mir den Weg zeigen müssen.«

Ich starrte sie an. Sie war aufgestanden, hatte ihre Jacke angezogen und sich den Harfenkasten über die Schulter gehängt. Ganz genau so, als hätte sie die Absicht, uns zu begleiten.

»Ich glaube nicht –«, setzte ich an, aber sie unterbrach mich.

»Clara Ask«, sagte sie. »Denkst du wirklich, es war ein Zufall, dass du an *meinem* Lagerfeuer vorbeigekommen bist?«

»Nein«, sagte ich. »Das lag daran, dass wir deine Musik verwendet haben, um –«

»Das, was man in diesem Leben tut, hat die Tendenz, einen wieder einzuholen«, sagte sie. »Und vielleicht ist das sehr gut so.«

»Ja, aber, ich verstehe nicht –«

»Schluss mit dem Gerede«, unterbrach sie mich. »Wo, sagtest du, ist Milla jetzt?«

10 BEVOR ES ZU SPÄT IST

Wir konnten die Wilden Wege nicht nutzen. Das Risiko, niemals anzukommen, war ganz einfach zu groß. Bravita hatte die Sache mit den Bombardierkäfern vermutlich aufgegeben, aber ich hatte es nur mit Mühe und Not und Harfenklängen geschafft, Oscar und mich aus den Nebeln zu führen.

»Du hast doch ein StarPhone«, sagte Oscar.

»Wozu?«

»Es hat das beste GPS, das es auf dem Markt gibt«, sagte er geduldig. »Damit können wir zumindest sehen, wie weit es bis zu Tante Isas Haus ist.«

»Und wenn es nun mehrere Tausend Kilometer sind?«

»Ich denke nicht, dass es so weit ist«, sagte er. »Isas Haus liegt verhältnismäßig nah am Rabenkessel, nicht wahr? Und dorthin waren wir unterwegs, als Blutsschwester uns von den anderen getrennt hat.«

Er hatte recht. Wir waren *wirklich* nicht weit weg. ›123 Kilometer bis zum Ziel‹, stand auf dem Display meines Handys. Ein, zwei Stunden Fahrt – wenn wir denn ein brauchbares Fahrzeug gehabt hätten.

Nachdenklich betrachtete Oscar den Minibus.

»Ihr habt ein Reserverad?«, fragte er.

»Ja«, sagte Carmelia. »Aber zwei Platten …«

»Flickzeug?«

»Nur für die Fahrräder.« Sie zeigte auf zwei Räder, die mit einer Halterung hinten am Bus befestigt waren – ein altes grünes Damenrad und ein etwas schickeres neongelbes Rennrad.

»Besser als nichts«, sagte Oscar.

»Oscar, sollten wir nicht einfach die Fahrräder nehmen? 123 Kilometer kann man ohne Probleme mit dem Rad schaffen. Meine Mutter hat so etwas einmal für eine dieser Frauenzeitschriften gemacht …«

»Wie lange hat sie dafür gebraucht?«, fragte Oscar.

»Äh … circa acht Stunden, glaube ich.«

»Ich kann mir nicht vorstellen, dass die Grüne Grethe das schafft«, sagte Carmelia und zeigte auf das Damenrad. »Das Rennrad, vielleicht …«

»Dann nehme ich das Rennrad«, sagte ich. »Wenn ihr mich einholt, schön, aber … ich kann nicht hier rumsitzen und Däumchen drehen.«

»Wir werden hier keine Däumchen drehen«, erklärte Oscar. »Wir werden arbeiten, und wie …«

»Okay. Aber …« Der Traum zog und zerrte in mir. Ich wusste nicht, wo Blutsschwester im Augenblick war – die Weide mit dem Stier hatte ausgesehen, als wäre sie ein ganzes Stück weiter südlich gelegen, und ich *hatte* sie geschwächt, aber im Gegensatz zu mir konnte sie die Wilden Wege benutzen. Ich traute mich nicht, noch länger zu warten.

»Wir haben nur ein StarPhone«, sagte er. »Wie sollen wir uns wiederfinden?«

Ich dachte kurz nach.

»Darf ich mir Eisenherz mal kurz ausleihen?«, fragte ich.

Wortlos hielt Oscar mir den Siebenschläfer entgegen.

Ich ließ den kleinen Nager von Oscars Handfläche auf meine springen. Seine winzigen Krallen pikten auf der Haut. Eisenherz hob sein Schnäuzchen und seine Tasthaare bebten.

»Eisenherz«, sagte ich leise, denn man darf eine Maus – oder einen Siebenschläfer – niemals anschreien, wenn man auf ein vernünftiges Gespräch hofft. »Du weißt immer, wo Oscar ist, nicht wahr?«

Die glänzenden schwarzen Augen musterten mich und ich hatte den Eindruck, dass Eisenherz mich für ziemlich dumm hielt. Natürlich wusste er, wo Oscar war – er wohnte schließlich in seiner Hemdtasche.

»Schon, aber ... wenn du nun bei mir wärst. Dann würdest du doch *immer noch* wissen, wo Oscar ist. Oder nicht?«

Eisenherz gefiel die Richtung nicht, die dieses Gespräch nahm. Ich spürte einen klaren Widerwillen gegen »bei mir sein«.

»Es ist wichtig, Eisenherz«, sagte ich. »Nicht nur für mich und ... und meine Mutter. Meine Mutter ist eine Wildhexe, auch wenn sie ihre Fähigkeiten nie wirklich zu etwas anderem als zu meinem Schutz eingesetzt hat. Wenn Blutsschwester einen Wildhexenkörper bekommen würde, dann ... dann wäre das ziemlich übel für die Wilde Welt. Für uns alle.«

Wenn ein Siebenschläfer mit Zorro-Maske zweifelnd aussehen kann, dann war genau das bei Eisenherz der Fall. Er schüttelte sein Fell, hob den Schwanz und legte einen einzelnen Köttel in meine Hand – von der Größe eines Reiskorns, nur schwarz – und sprang dann zurück zu Oscar.

Ich betrachtete den Köttel. Es war nicht zu übersehen, was Eisenherz von der ganzen Sache hielt.

»Eisenherz!«, sagte Oscar flehend.

»Vergiss es. Ich hätte es wissen müssen«, murmelte ich, schüttelte das »Reiskorn« ab und rieb mir die Handfläche mit nassem Gras ab. »Man kann von einem Siebenschläfer auch nicht erwarten, dass er begeistert loszieht, um die Welt zu retten.«

Dann wurde mir bewusst, dass Carmelia die ganze Szene mitbekommen hatte. Sie musste uns beide für total plemplem halten.

Aber obwohl sie uns zusah, verlor sie kein Wort darüber, dass es ja schon ein bisschen merkwürdig war, mit einem Tier zu reden, als erwarte man eine Antwort.

»Hilf mir mit dem Wagenheber, Clara«, sagte Oscar. »Auf meine Weise kommen wir genauso schnell hier weg. Schneller sogar. Und es ist besser, wenn wir zusammenbleiben, anstatt uns zu trennen. Also … noch weiter zu trennen.«

Katerchen. Katerchen und die anderen … Ich konnte nicht anders, ich musste einen Wildsinnfühler in seine Richtung ausstrecken. Aber entweder war er zu weit weg, oder er war nach Kahlas miesem, aber notwendigem Trick immer noch bewusstlos.

Denn … er konnte ja nicht tot sein? Ich würde doch spüren, wenn er tot wäre? Oder nicht?

Bei dem Gedanken fing mein Herz an zu rasen wie ein aufgescheuchtes Wildtier. Er konnte nicht tot sein. Er durfte nicht tot sein. Sein panischer Kampf in der Kiste fiel mir wieder ein, seine Angst, verlassen und in einer Falle gefangen zu sein. Hatte er gespürt, dass etwas Schlimmes bevorstand? Tiere wussten oft, wenn sich etwas zusammenbraute – Erdbeben, Unwetter, Vulkanausbrüche. Katerchen war eine Hexenkatze. Vielleicht hatte er gewusst, dass er …

Ich schloss die Augen. Oscar sagte irgendetwas, aber ich hörte nicht zu. Ich hielt die Unsicherheit nicht mehr aus. Ich *musste* wissen, ob mein kleiner Kater noch lebte oder …

Zwischen ihm und mir gab es eine Verbindung. Ein dünnes Band aus Blut und Wildfreundschaft, einen Faden zwischen seinem Lebensstrang und meinem. Ich folgte diesem Band, folgte ihm durch das Gewirr anderer Leben, anderer Stränge, hielt an diesem einen Faden fest, so wie man es tut, wenn man ein verheddertes Wollknäuel ordnen will. Kleiner Kater. *Mein* kleiner Kater.

Und da war er. Ich konnte ihn spüren. Weit, weit weg, ein schwacher Atemzug, ein Bewusstsein, das immer noch schlief. Bewusstlos, ja – aber am Leben.

Voller Erleichterung ließ ich los und wurde durch das unendlich verworrene »Wollknäuel« zurückgeschleudert, zurück zu meinem eigenen Platz in Zeit und Raum, in meinen eigenen lebendigen Körper. Ich landete plump und heftig, mit einem Ruck, der sich anfühlte, als wäre mitten in meinem Kopf ein unsichtbarer Airbag explodiert. Ich schwankte einen Schritt rückwärts, blinzelte mit den Augen und griff nach irgendetwas, um das Gleichgewicht zu halten. Wie es sich herausstellte, waren es Oscars Arme.

»Alles okay?«, fragte er.

»Katerchen lebt«, sagte ich, weil es in diesem Moment das Wichtigste war. Aber das bedeutete doch zugleich, dass … »Sie müssen wohl angekommen sein. Sonst hätten sie ihn nicht aus der Kiste geholt. Und er hat geatmet.«

»Dann haben sie es geschafft! Sind sie gerade im Rabenkessel?«

»Das weiß ich nicht«, antwortete ich. »Ich kann es nicht mit Sicherheit sagen. Aber sie sind nicht mehr auf den Wilden

Wegen und wir waren ja auch schon fast da, also – ich glaube schon.«

»Cool«, sagte er, aber dieses Mal war es wohl eher seine Art, »Gott sei Dank« zu sagen.

Ich schielte verstohlen in Carmelias Richtung – sie dachte mittlerweile vermutlich, dass wir aus irgendeiner Anstalt für verhaltensgestörte Kinder und Jugendliche ausgebrochen waren.

Aber sie hatte gar nicht gehört, worüber wir gesprochen hatten. Sie war neben dem bärtigen Bären in die Hocke gegangen – Devan, hieß er nicht so? – und schüttelte sanft seine Schulter.

»Liebster. Wir brauchen deine Hilfe.«

Er hatte offenbar das, was man einen gesegneten Schlaf nennt. Mein Albtraum-Schrei hatte ihn nicht geweckt und jetzt dauerte es mehrere Minuten, bis Carmelia ihn an die Oberfläche holen konnte.

»Wasislooos«, murmelte er verschlafen.

»Wir brauchen den Bus«, sagte sie. »Auch wenn es ein bisschen auf gut Glück ist. Oscar hatte die Idee, den Schlauch in einem der Reifen mit dem Fahrradflickzeug zu reparieren.«

»Okay«, brummte er, ein bisschen wacher. »Aber kann das nicht warten, bis es hell wird? Es ist mitten in der Nacht.«

»Nein«, sagte sie. »Das kann nicht warten. Und ... mein Liebster. Erinnerst du dich, dass ich einmal zu dir gesagt habe, dass ich vielleicht eines Tages gezwungen sein würde, dich zu verlassen?«

Das weckte ihn. Er setzte sich schlagartig auf.

»Meinst du ... jetzt?«

»Ja.«

»Warum?« Man konnte den Schmerz in seiner Stimme *hören*. Als wäre eine Narbe aufgerissen und hätte begonnen zu bluten.

»Das kann ich dir jetzt nicht erklären. Ich verspreche dir zurückzukommen … falls es mir irgendwie möglich ist.«

»Aber … die Band. Die Kinder.« Er schaute in Kierans und Tillys Richtung – offenbar Kinder in seinen Augen, auch wenn die beiden schon erwachsen waren und nur Tilly wirklich *seine* Tochter war.

»Ihr müsst ohne mich zurechtkommen – zumindest für eine Weile.« Sie küsste ihn, innig und lang, ungefähr so wie die Leute im Film. Es war mir peinlich und ich schaute weg. Und ich kapierte absolut nicht, was da vor sich ging. Sie hatte sich ganz offensichtlich vorgestellt, dass sie, Oscar und ich im Bus wegfahren und die anderen drei zurücklassen würden. Aber warum? Ich war genauso verwirrt wie der große, bärtige Devan.

»Hilf uns, den Bus zu flicken«, bat sie. »Wir müssen los – bevor es zu spät ist.«

11 DIE BEUTE DES PUMAS

Es dauerte etwas über drei Stunden, bis wir in den langen Waldweg einbogen, der zu Tante Isas Haus führte. Das Scheinwerferlicht des Minibusses fegte über Fichten und Reifenspuren und Carmelia seufzte jedes Mal mitleidsvoll, wenn der Unterboden über den Grasstreifen schrappte.

»Armer, alter Bus«, sagte sie. »Ist es noch weit?«

»1,4 Kilometer«, teilte Oscar mit. Er verfolgte den Weg per GPS auf meinem StarPhone.

Ich hatte Bauchweh, was bestimmt nur an meiner Angst und Sorge lag – ich hatte schreckliche Panik, dass meiner Mutter schon etwas zugestoßen war, und noch dazu musste ich die ganze Zeit an Kahla, Arkus, Nichts und vor allem an mein Katerchen denken – aber es fühlte sich haargenau so an, als hätte ich etwas gegessen, was mir nicht bekommen war.

Plötzlich bremste Carmelia heftig ab – so heftig, dass ich mich festhalten musste. Der Bus hatte garantiert keinen Airbag und ich hatte es mittlerweile aufgegeben, zu versuchen, den defekten Sicherheitsgurt anzulegen.

»Da ist ein Reh auf dem Weg«, sagte sie. »Äh ... viele Rehe.«

Ich hatte die fünf langbeinigen Umrisse in den Lichtkegeln der Scheinwerfer auch schon gesehen. Ihre weißen Hinterteile leuchteten im Halbdunkel unter den schwarzen Fichten und bis auf ein kurzes Wedeln mit den Schwänzen nahmen sie keinerlei Notiz von unserem Wagen. Während ich sie betrachtete, streiften zwei kleine Eulen auf lautlosen Flügeln über ihre Ohren hinweg.

Ich stieg aus.

»Wartet hier«, sagte ich. Ein Kribbeln zog meine Wirbelsäule hinunter und die Härchen auf meinen Armen stellten sich genauso auf wie die Haarwirbel in meinem Nacken. Ich hatte eine deutliche Ahnung von dem, was ich gleich sehen würde, und ich sollte recht behalten.

Der Wald war lebendig. Der Himmel war lebendig. Die Erde war lebendig. Tausende Vögel und Insekten, Tausende rennende, springende, krabbelnde Tiere. Alle zusammen auf dem Weg in dieselbe Richtung – zu Tante Isas Haus. Oder, genauer gesagt, zu Tante Isas Wildhag, dem Gebiet, das unter ihrem Schutz stand. Eine Eichhörnchenfamilie, ein Fuchspaar, ein Grüppchen quakender, flügelschlagender Enten, unzählige Mäuse aller Art, schwirrende Käfer, ein riesiger Saatkrähenschwarm. Es war fast Morgengrauen. Hier draußen war die Luft kühl und feucht vom Tau und ich stand da und starrte auf ein Gewimmel von Lebewesen, die alle hastig flüchteten, so schnell ihre Beine oder Flügel es erlaubten.

Mein Bauch, dem es ja sowieso schon nicht gut ging, krampfte sich noch mehr zusammen.

Es war genau wie in meiner Dreizehnjahrsnacht. Sie suchten nach Schutz. Und dieser Schutz war ich. Dazu hatte ich in jener Nacht ›Ja‹ gesagt. Das hatte ich ihnen versprochen, ohne es zu wissen.

Sie wollten, dass ich sie vor Bravita Blutsschwester rettete.

Wir waren gezwungen, den Bus stehen zu lassen und das letzte Stück zu Fuß zu gehen. Es wäre unmöglich gewesen, die Straße zu benutzen, ohne ein Lebewesen zu überfahren. Die Tiere waren überall. Genauso viele wie damals, an meinem dreizehnten Geburtstag, auch wenn ich dieses Mal keinen Bison entdecken konnte – aber ich glaubte für einen kurzen Moment, den Luchs zwischen den Bäumen vorbeihuschen zu sehen.

Natürlich waren die Tiere auch für Carmelia und Oscar nicht zu übersehen.

»Was wollen sie hier?«, fragte Oscar leise, als wollte er sie nicht stören.

»Sie flüchten vor Blutsschwester«, erklärte ich. »Sie ist auf dem Weg.«

»Okay«, sagte er. »Dann wissen wir wenigstens, dass sie hinter uns ist, denn sonst würden sie ja wohl in die entgegengesetzte Richtung rennen.«

So weit hatte ich noch gar nicht gedacht, aber das stimmte natürlich. Mein Bauchweh ließ ein wenig nach, weil das zugleich bedeuten musste, dass Bravita meine Mutter nicht angegriffen hatte. Zumindest noch nicht.

Eine Dachsmutter mit fünf Jungen trottete über den Weg und verschwand auf der anderen Seite im gelben Gras. Sie warf mir einen kurzen Blick zu und ich fragte mich, ob es die Dächsin war, um die sich Tante Isa gekümmert hatte, mit den Jungen, die ich …

Ich schüttelte mich.

Die neugeborenen Welpen, die ich am liebsten gefressen hätte.

Es war nicht mein Hunger gewesen. Sondern Chimäras. Oder besser gesagt die hungrige Seele des Wiederkommers, der in ihr steckte. Und das war noch *bevor* es Ilja gelungen war, Bravita aus dem Gefängnis zu befreien, in dem sie vierhundert Jahre lang gefangen war. Seitdem war ihr Hunger nicht kleiner geworden.

Sie würde mich verschlingen, wenn sie die Gelegenheit dazu bekam. Sie würde mich vielleicht nicht töten, nicht in Fetzen reißen, aber sie würde etwas tun, das eigentlich noch viel schlimmer war: Sie würde mich übernehmen, mich schlucken, mich *innerlich* verzehren. Äußerlich würde es vermutlich so aussehen, als wäre ich immer noch ich, aber im Inneren wäre ich nur noch … sie.

Ich hatte mir darüber gar keine Gedanken gemacht, während ich vor lauter Panik, dass sie meine Mutter angreifen könnte, fast gestorben war. Aber jetzt, da ich gewissermaßen wusste, dass Mama in Sicherheit war, bekam ich wieder Angst vor dem, was mit mir passieren könnte.

Carmelia sagte nichts, auch nicht, als eine Wildschweinfamilie – Mutter, Vater und sieben kleine gestreifte Frischlinge – uns beinahe beiseiteschubste, um schneller voranzukommen. Am Anfang war ich so erleichtert darüber, dass ich nichts erklären musste, dass es eine Weile dauerte, bis mir bewusst wurde, wie seltsam das war – also, dass sie uns einfach begleitete, ohne irgendetwas zu fragen, obwohl ihr der gesamte Tierbestand des Waldes um die Ohren flog oder an ihr vorbeigaloppierte. Man konnte fast meinen, sie wäre …

»Bist du eine Wildhexe?«, fragte ich sie unvermittelt.

»Nein«, sagte sie nur. Aber die Frage kam ihr offenbar nicht ungewöhnlich vor.

»Aber du kennst dich mit Wildhexen aus?«, hakte ich nach.

Darauf gab sie mir keine Antwort. Sie zeigte nur nach vorne.

»Ist es dort?«, fragte sie.

Der Weg führte aus dem Wald über ein kleines Feld zu einer Brücke. Tante Isas Haus sah aus wie immer, mit der grauen Findlingsmauer, dem strohgedeckten Dach, den Apfelbäumen im Garten und den unzähligen Futterplätzen und Nistkästen. Hinter dem Haus erhob sich der Hügel, dunkel von Bäumen und Büschen – eine Mini-Wildnis, wo die geflüchteten Tiere wohnen und leben konnten, wenigstens eine Zeit lang. Viele von ihnen hatten sich schon zurechtgefunden, wie ich feststellte. Einige Krähen schreckten hoch und flogen mit heiseren Rufen auf, bevor sie sich wieder in den höchsten Bäumen niederließen. Überall im Gebüsch raschelte es, sodass man fast meinen konnte, die Sträucher hätten lebendige Äste und Zweige.

Im Haus brannte Licht. Mama war offenbar schon aufgestanden. Und mit einem Mal schwebte ein Gespenst lautlos durch das Halbdunkel auf mich zu und landete auf meiner Schulter.

»Tu-Tu!«, rief ich erleichtert aus. »Du hast nach Hause gefunden!«

Er schaute mich an, als wäre es ziemlich unpassend von mir, daran zu zweifeln. Aber dann rieb er seinen Schnabel an meinen Haaren und meiner Wange. Das hatte er noch nie getan – sonst wurde diese Ehre nur Tante Isa zuteil. Ich glaube, er war auch erleichtert, mich zu sehen.

Überhaupt war es ein schönes Gefühl der Geborgenheit, über die Brücke zu gehen. Jetzt waren wir in Tante Isas Wildhag und das konnte man spüren, auch wenn Tante Isa nicht hier war, um ihn zu verteidigen. Mama hatte versprochen, die Schutzmagie zu stärken, und offensichtlich war es ihr gelungen. Ich *wusste* sehr wohl, dass diese Sicherheit trügerisch war, denn ich rechnete nicht ernsthaft damit, dass der Wildhag alleine Bravita lange aufhalten würde, aber trotzdem löste sich der Knoten in meinem

Magen und meine Schultern wurden plötzlich so schwer und schlaff, dass ich erst da bemerkte, dass ich sie seit Tagen bis zu den Ohren hochgezogen hatte.

Die Tür ging auf und meine Mutter lief uns entgegen.

»Clara!« Sie rannte über den Hof auf mich zu, im Nachthemd und mit Gummistiefeln, mit einem begeistert bellenden und begrüßungswinselnden Tumpe auf den Fersen. »Mäuschen! Du bist wieder da!« Sie schlang die Arme um mich und drückte mich so fest, dass mir fast die Luft wegblieb. »Ich habe mir solche Sorgen gemacht. Alle deine Tiere ...« Sie machte eine ausladende Geste in Richtung der Vögel, die dicht an dicht auf den Zweigen des Apfelbaums saßen, und der wuselnden Menge von kleinen Mäusen, Hasen, Rehen und Fasanen mit glänzenden Augen, die sich im Gebüsch hinter dem Stall drängelten. »... Ich wusste nicht, was ich denken sollte. Ich wusste nicht, was das zu bedeuten hat. Ich wusste nur, dass es etwas mit dir zu tun haben muss.«

»Sie sind hier, weil sie vor Bravita Blutsschwester geflohen sind«, sagte ich. »Sie ist auf dem Weg hierher. Und ... irgendwie müssen wir sie aufhalten.«

Mama sah besser aus als bei unserem Aufbruch; da hatte sie sich kaum auf den Beinen halten können. Jetzt war sie stärker. Und noch etwas war anders. Ich musste zweimal hinsehen, bevor mir aufging, was es war.

Sie erinnerte mich an Tante Isa. Nicht so sehr vom Aussehen her, denn auch wenn sie Schwestern waren, waren sie sehr unterschiedlich. Aber in diesem Moment war da etwas, in dem sie sich sehr ähnelten. Meine Mutter sah aus wie eine Wildhexe.

»Du hast den Wildhag verstärkt«, sagte ich. Das war keine Frage, sondern eine Feststellung.

»Ja«, sagte sie mit einem schiefen kleinen Lächeln. »Wer hätte das gedacht? Aber, was man als Kind und Jugendlicher gelernt hat … das verlernt man nicht, selbst wenn man jahrelang versucht, es zu vergessen.«

»Dann erinnerst du dich vielleicht auch noch an mich?«, fragte Carmelia.

Mama sah sie an. Erst ganz normal, dann intensiver.

»Nein«, sagte sie. »Ich … Kennen wir uns?«

»Milla, ich glaube nicht, dass du mich vergessen hast.«

Meine Mutter wurde kreideweiß und machte einen Schritt zurück. Ich streckte unwillkürlich eine Hand aus, um sie zu stützen.

»Deine Stimme …«, sagte sie. »Du … aber … das kann nicht sein.«

»Lia«, sagte Carmelia. »Erinnerst du dich jetzt? Milla und Lia, Freunde für immer.«

Selbst *meine* Beine wurden nun ein bisschen wackelig.

»Lia ist tot«, sagte ich. »Sie wurde getötet, als …«

Bruchstücke aus der Geschichte der Dreizehnjahrsnacht meiner Mutter blitzten in meinem Kopf auf: *… ein großer, schöner goldener Puma mit bernsteinfarbenen Augen … Ein Steinschlag hatte den Eingang zur Höhle des Pumas versperrt … man konnte die Jungen rufen hören … schließlich schafften wir es. Es gelang uns, einen der großen Felsbrocken beiseitezuschaffen. Wir rollten ihn die Böschung hinunter und die Jungen wuselten nach draußen und stürzten sich auf ihre Mutter. Sie legte sich auf die Seite und ließ sie trinken … aber auf dem Weg nach unten rutschte Lia ab und fiel hin … ich lief los, um Hilfe zu holen … ich hätte sie nicht alleine lassen dürfen. Ich hätte sie mitschleppen müssen, egal wie hart das für uns beide geworden wäre. Aber ich tat es nicht. Und als ich zurückkam, mit Wasser, Essen, Verbän-*

den und Lias Mutter … da gab es keine Lia mehr … der Puma, dem wir geholfen hatten … dessen Junge wir gerettet hatten … weißt du, wie er es uns dankte? Er tötete sie. Fraß sie. Es blieb nichts von ihr übrig als Knochenreste und getrocknetes Blut.

Und jetzt stand Carmelia vor uns und behauptete, sie wäre Lia?

»Tot?«, sagte sie und blinzelte ein paarmal, wahrscheinlich, weil sie verwirrt war. »Nein. Dachtest du, ich wäre tot?« Sie nahm die Hände meiner Mutter. »Milla … dachtest du das wirklich?«

»Du warst tot … der Puma … da war nichts mehr außer Blut und Knochen …« Die Stimme meiner Mutter erstarrte förmlich. Sie konnte nichts mehr sagen.

»Nein!«, sagte Carmelia. »Ich bin weggelaufen. Seit diesem Tag habe ich mich dafür geschämt, aber ich bin einfach vor allem weglaufen, vor meiner Mutter, vor der Wilden Welt … Ich wollte keine Wildhexe sein. Ich wollte nur endlich singen. Ich selbst sein und keine … keine Kopie meiner Mutter. Ich wollte keine Dreizehnjahrsnacht. Aber sie hörte mir nicht zu, nie hörte sie mir zu, sie sagte bloß immer wieder, dass ich nur noch ein bisschen mehr üben musste. Und als du fort warst, da wurde mir plötzlich bewusst … wenn ich jetzt einfach verschwand … wenn mich niemand finden würde … dann konnte ich mein Leben so leben, wie ich es wollte, statt die zu sein, die sie haben wollte. Und … ich hatte meinen Teil der Abmachung ja eingehalten. Ich hatte dir in deiner Dreizehnjahrsnacht geholfen. Das war falsch, Milla, es tut mir wirklich leid … ich hätte nicht einfach weglaufen dürfen. Es war nie meine Absicht, dich im Stich zu lassen.«

Mama war immer noch weiß wie ein frisch gewaschenes Laken.

»Aber ... das Blut ...«, stammelte sie. »Die Knochen ...«

»Vielleicht war es das, was mich letztlich dazu bewegte wegzulaufen«, sagte Lia. »Der Puma erlegte eine junge Bergziege, ein kleines Zicklein. Es war so grausam. Das Kleine kämpfte und versuchte zu fliehen und es dauerte eine Weile, bis der Puma es geschafft hatte, ihm das Genick zu brechen und es aufhörte zu schreien. Der Puma und seine Jungen rissen es auseinander, überall war Blut ... Schließlich schleppte der Puma den Kadaver nach Hause, aber er ließ ein paar Brocken und Knochen zurück. Ich denke, es war seine Art, Danke zu sagen – er teilte seine Beute mit mir. Aber ... ich glaubte immer noch die Schreie zu hören. Das arme Zicklein. Der Puma stand vor mir und sah mich an, mit seinen goldenen Augen ... und Blut tropfte von seinem Maul, es war ganz verschmiert, bei den Jungen auch, und ich ... ich konnte es einfach nicht ertragen. Es war schon schlimm genug mit meiner Mutter und ihren verfluchten Egeln, aber das ...«

»Wie konntest du mir das antun?«, flüsterte meine Mutter mit kaum hörbarer Stimme. »Wie konntest du mich glauben lassen, du seist *tot*?«

»Ja, aber das wusste ich doch nicht. Woher sollte ich wissen ... es war doch nur eine Bergziege.«

»Das konnte man nicht mehr erkennen. Es war so wenig übrig. Und wie ...? Lia, du konntest nicht laufen. Du konntest nicht auftreten. Ich dachte ... ich dachte, du wärst eine hilflose Beute.«

Lia senkte den Blick.

»Ich ... ich habe wohl ein bisschen übertrieben. Mein Fuß tat weh, aber auftreten konnte ich trotzdem.«

»Dann hast du mich belogen? Du hast so getan, als könntest du nicht laufen, aber in Wirklichkeit ... hattest du das alles etwa geplant?«

»So wie du es sagst, klingt es so kalt. So wohlüberlegt. Aber das war es nicht. Es war nur so, dass ... ich wollte nicht nach Hause. Ich habe damals gar nicht groß nachgedacht. Erst wollte ich mich nur für ein paar Tage verstecken. Nur so lange, bis es für diese ganze Sache mit der Dreizehnjahrsnacht zu spät war. Dann hätte sie toben und schreien können, so viel sie wollte – eine Dreizehnjahrsnacht kann man nur einmal im Leben bekommen und sie wusste ganz genau, dass ich ohne dieses Ereignis nie eine richtige Wildhexe geworden wäre. Aber dann ... dann lernte ich einen Jungen kennen, der an der Straße stand und Musik machte. Er war ein bisschen älter als ich und war, genau wie ich, von zu Hause abgehauen – wir ... wir sind immer noch zusammen. Es war einfach richtig für mich, Milla. Er und die Musik. Kannst du das verstehen?«

Meine Mutter schwieg ziemlich lange. Als sie endlich antwortete, klang ihre Stimme immer noch verletzt.

»Du hättest mir wenigstens eine Nachricht schicken können. Einen Brief oder irgendetwas.«

»Ich hatte Angst, dass meine Mutter mich finden würde.«

Lias Mutter. Die Egelhexe Ilja. Nach außen so lieb, so lieb ... aber wenn man genauer hinsah ... ich konnte nur zu gut verstehen, dass Lia nicht mehr nach Hause wollte und Angst hatte, gefunden zu werden. Aber trotzdem ... vielleicht wäre Ilja nicht ganz so schlimm geworden, hätte sie nicht ein ganzes Leben in dem traurigen Glauben verbracht, ihre Tochter verloren zu haben. Sie hatte allein meiner Mutter die Schuld daran gegeben. Und nur deshalb hatte sie Bravita befreit – weil sie glaubte, dass Blutsschwester ihr dabei helfen würde, sich zu rächen.

Mir wurde ganz schwindelig, wenn ich daran dachte, was heute alles vollkommen anders wäre, wenn Lia damals nicht weggelaufen wäre. Meine Mutter hätte ihr Leben als Wildhexe gelebt und mich so erzogen, dass ich meine Kräfte kannte, anstatt der Wilden Welt den Rücken zuzukehren. Iljas Leben wäre anders verlaufen. Bravita wäre womöglich nie entkommen. Und trotzdem war es schwierig, Lia richtig böse zu sein. Ich dachte an den Kuss, den sie Devan zum Abschied gegeben hatte. An ihren Gesang, ihren märchenhaften, fantastischen Gesang, und an die Musik, die sie mit ihrer kleinen Familie erschaffen hatte.

All das hätte es schließlich auch nicht gegeben, wäre sie einfach nur Iljas süße kleine gehorsame Tochter geblieben.

»Als ich Clara gestern das erste Mal sah, glaubte ich, dich zu sehen. Ich habe so oft an dich gedacht. In meinem Kopf bist du immer dreizehn Jahre alt geblieben, obwohl ich natürlich wusste, dass das unmöglich ist. Und dann standst du plötzlich vor mir – so schien es zumindest – bis mir klar wurde, dass Clara deine Tochter sein muss. Da wusste ich, dass ich dich wiederfinden musste. Kannst du mir verzeihen?«, fragte Lia.

Mama schüttelte den Kopf. Ich glaube nicht, dass es ein richtiges Nein war, sondern eigentlich eher … Verwirrung.

»Ich weiß nicht, was ich denken soll«, sagte sie. »Ich weiß ja kaum, was ich empfinde.« Aber dann legte sie doch eine Hand auf Carmelias Schulter und blickte ihr für einige lange Sekunden ins Gesicht.

»Lia …«, flüsterte sie und ihre Stimme war plötzlich sehr jung, fast kindlich. »Bist du es *wirklich*?«

»Milla und Lia für immer«, wiederholte Carmelia.

Und dann fielen sie sich in die Arme, als wären sie immer noch dreizehn Jahre alt und beste Freundinnen.

12 DER REGENBOGENSCHILD

Es kam mir vor, als wäre es Jahre her, dass ich in Tante Isas Küche gesessen hatte, obwohl es in Wahrheit nur … Nein, ich hatte keinen Überblick mehr darüber, wie viele Tage es gewesen waren. Mehr als eine Woche. Weniger als ein Monat … Ich war immer noch schrecklich müde, aber wenigstens war ich endlich den »Raumanzug« los und hatte mir normale – und deutlich sauberere – Sachen angezogen. Tu-Tu ließ sich auf der Gardinenstange nieder und schloss die Augen. Die Sonne war schon lange aufgegangen und das bedeutete für vernünftige Eulen Schlafenszeit.

Es war nicht ungewöhnlich, dass sich ein paar wilde Tiere in Tante Isas Haus aufhielten, aber heute gab es kaum eine Armlehne und kaum einen Stuhlrücken, auf dem nicht irgendein Wildvogel saß. Das Sofa knurrte diskret, wenn man sich hinsetzen wollte – die Dachsfamilie hatte sich darunter einquartiert, und nachdem Dachse genau wie Eulen Nachttiere sind, schätzten sie es nicht, tagsüber gestört zu werden. Der Hundekorb war von einer Gruppe Rebhühner und einem Hasenpaar in Beschlag genommen worden, weshalb Tumpe rastlos durch das Haus wanderte und nicht so richtig wusste, wo er sich hinlegen sollte, ohne jemanden zu stören. Er war ein großer Hund und viele der kleineren Tiere wurden nervös und fingen an zu piepsen, schnattern oder schnarren, sobald er in ihre Nähe kam.

»Könnt ihr bitte endlich **Frieden geben**«, sagte ich mit gerade so viel Wildgesang in der Stimme, dass ich mir ziemlich sicher war, dass auch alle es verstanden. Das Geschnatter hörte auf und Tumpe ließ sich unter dem Esstisch in der Küche dankbar auf den Boden sinken.

Obwohl viele der Tiere normalerweise natürliche Feinde waren, hielten sie tatsächlich *Frieden.* Die Füchse ließen die Mäuse und Wachteln in Ruhe und draußen auf der Wiese, unter den Apfelbäumen, wühlten zwei Wildschweineber Seite an Seite in der Erde, anstatt sich gegenseitig zu verjagen. Die Wiese sah zwar ziemlich mitgenommen aus, aber das war ja keine große Katastrophe ...

»Ich brauche eure Hilfe«, sagte ich zu Mama und Lia. »Ich weiß ja, dass es lange her ist, aber ihr beiden habt mehr Wildhexen-Training bekommen als ich. Ihr müsst mir erklären, wie man bestimmte Dinge macht.«

»Was willst du wissen?«, fragte Lia.

»Wie ich am besten ...« Ich wedelte mit der Hand, in der ich meinen Becher hielt, sodass der Tee um ein Haar übergeschwappt wäre. »... das alles hier beschütze. Sie alle.«

»Den Wildhag?«, fragte meine Mutter.

»Ja. Und alle, die hier Zuflucht gesucht haben. Mama, du hast den Hag unten am Bach verstärkt, das konnte ich spüren. Wie hast du das gemacht?«

»Das ist eigentlich gar nicht so kompliziert«, erklärte sie. »Man nimmt ein bisschen Erde, etwas Wasser, einen kleinen Stock, den man anzündet, und eine Feder – alles aus dem Wildhag natürlich – und dann mischt man das Ganze mit einer Haarsträhne, etwas Spucke und einem Tropfen Blut und pustet darüber. Es gibt einen Spruch dazu, aber genau wie der Wildgesang ist er eigentlich nur eine Hilfe, um sich zu konzentrieren. Die Worte sind gar nicht so wichtig.«

»Wie geht er?«, fragte Oscar. »Ist das so eine Art Zauberformel?«

Meine Mutter lächelte schief. Es war immer noch ungewohnt, sie seelenruhig und ganz normal über Magie und all das reden zu hören, was sie so lange und so verzweifelt versucht hatte, aus ihrem – und ganz besonders aus meinem – Leben fernzuhalten.

»Ja, das kann man so sagen.«

Sie räusperte sich.

»Staub und Staub, Wasser und Wasser, Feuer und Feuer und Luft und der Odem des Lebens seid eins, / vereint zum gemeinsamen Hag gegen Feindes Gewalt und Pein. / Nur auf meinen Willen und mein Geheiß / kommt jemand heraus oder jemand hinein.«

Das klang fast wie einer dieser Bibelverse, die einem im Konfirmandenunterricht vorgesetzt werden, dachte ich. Wahrscheinlich, weil beide Sprüche ziemlich alt waren. Ich kritzelte die Worte auf einen Zettel, weil ich mir nicht sicher war, ob ich sie sonst auswendig nachsprechen konnte.

»Das gilt in beide Richtungen«, sagte Carmelia und Mama nickte. »Wildhexen behüten die wilden Wesen, die unter ihrem Schutz stehen. Aber die Tiere tragen genauso auch zu ihrem Schutz bei. Das ist die Bedeutung des Satzes ›gemeinsamer Hag gegen Feindes Gewalt‹.«

»Glaubt ihr, dass man die Blutsschwester damit aufhalten kann?«, fragte Oscar zweifelnd.

»Schwer zu sagen«, meinte meine Mutter. »Aber ich bin mir

auf jeden Fall ziemlich sicher, dass noch nie eine Wildhexe mit so vielen Tieren, die an einem Ort versammelt sind, etwas Vergleichbares versucht hat.«

»Oh«, sagte ich erleichtert. »Das heißt ... das heißt, es geht gar nicht nur darum, dass ich sie beschützen soll?«

»Nein. Du bist nur der Sammelpunkt für all ihre Kräfte.«

Ich fühlte mich gleich etwas besser. Alleine war ich kein Gegner, der Bravita Blutsschwester um den Schlaf brachte. Das Einzige, was ich wirklich beherrschte, war, **HAU AB** zu brüllen und darauf zu hoffen, dass es wirkte. Ich hatte ein paarmal Glück gehabt, weil Bravita mich unterschätzt hatte. Ich sollte lieber nicht damit rechnen, sie noch einmal überrumpeln zu können.

»Ich gehe runter zum Bach«, sagte ich. »Sie ist bestimmt nicht mehr weit weg, der Wildhag sollte also so schnell wie möglich aufgerüstet werden.«

»Sollen wir dich begleiten?«, fragte Oscar.

»Nein. Ich denke, es ist besser, wenn ihr hierbleibt. Dann fällt es mir leichter, mich zu konzentrieren.«

Er musterte mich.

»Das ist lustig«, sagte er. »Wenn du nur für dich selbst kämpfen musst, bist du nie so mutig.«

»Was meinst du damit?«, fragte ich, ein wenig eingeschnappt.

»Ich meine, dass du es ohne Weiteres zulässt, wenn irgendein Vollpfosten dich auf dem Schulhof in den Dreck schubst, jedenfalls meistens. Aber wenn du jemanden oder etwas beschützen sollst ... dann wirst du plötzlich zum Löwenherz.«

Ich merkte, wie meine Wangen rot wurden. Löwenherz – das war vermutlich das größte Kompliment, das Oscar einem machen konnte.

Unten an der Brücke war jetzt alles ganz still. Alle flüchtenden Tiere waren inzwischen angekommen und hatten einen Platz gefunden, an dem sie bleiben konnten. Wenn man mit dem Wildsinn lauschte, wurde es sehr merkwürdig. Auf der einen Seite der Brücke hörte man einen wuselnden, schwirrenden, lärmenden Chor von Leben. Auf dieser Seite – nichts. Absolute Stille, abgesehen vom leisen Summen der Pflanzen und dem schläfrigen, tiefen Lied der Erde.

Ich warf einen hastigen Blick auf den Zettel. Ich hätte Mama noch fragen sollen, was »Pein« bedeutet, dachte ich, aber dafür war es jetzt zu spät. Ob es wohl auch wirkte, wenn man gar nicht so genau wusste, was man da sagt?

Ich holte tief Luft und überlegte, ob ich vielleicht irgendetwas mit den Händen machen sollte, zeigen oder herumfuchteln oder so. Magische Gesten. Aber falls es so etwas gab, dann wusste ich zumindest nichts davon. Stattdessen kniete ich mich neben den Bach, einen Schritt von der Brücke entfernt. Vorsichtig legte ich eine Handvoll Erde vor mir auf den Kiesweg.

»Staub der Erde«, murmelte ich und legte eine Haarsträhne dazu, die ich mir abgeschnitten hatte. »Mein Staub.« Dann kam das Wasser aus dem Bach – dafür hatte ich mir eine von Tante Isas Teetassen geliehen. Es fühlte sich alltäglich und nüchtern, aber dennoch richtig, an. »Wasser der Erde und – pffftt – mein Wasser.« Ein Spuckeklecks aus meinem ansonsten völlig ausgetrockneten Mund. »Feuer der Erde ...« Ich hatte den Zweig in Kerzenwachs getaucht, um einigermaßen sicherzugehen, dass er auch wirklich brennen würde. »Und mein Feuer.« Ein kleiner Piks in den Daumen mit Oscars Messer, das jetzt mir gehörte. »Luft der Erde ...«, ich ließ die Feder auf das kleine Feuer segeln und sie flammte für einen Moment auf, »... und mein Atem.«

Vorsichtig blies ich auf das Ganze und die Flammen flackerten noch eifriger.

Dann schloss ich die Augen. Mir wurde bewusst, dass ich den Zettel überhaupt nicht brauchte. Alles stand leuchtend klar in meinem Kopf, als hätte ich die Worte schon seit Tausenden von Jahren immer und immer wieder aufgesagt.

»Staub zu Staub«, flüsterte ich. »Wasser zu Wasser. Feuer zu Feuer und Luft zum Odem des Lebens.«

Es veränderte sich etwas – in meinem Inneren und um mich herum. Etwas versammelte sich. Ich hielt die Augen fest geschlossen und trotzdem spürte ich, wie ich in die Luft stieg, wie mich etwas hochhob, mich trug, höher und höher.

»Vereint zum gemeinsamen Hag.«

Ich konnte meine eigene Stimme hören, aber es war kein Flüstern mehr. Und es war nicht länger nur meine Stimme. Viele Leben, tausend Leben ... tausend Stimmen ... gesellten sich zu meiner.

»Gegen Feindes Gewalt«, rief ich. »Und Pein.« Plötzlich wusste ich, was das alles bedeutete, auch »Pein«. Es war dasselbe wie Schmerz. Wenn etwas wehtat, im Körper oder in der Seele. Quälend und tief.

Sie waren bei mir. Jeder Vogel, jedes Insekt, jedes Tier. Mama und Lia. Oscar und sein tapferer kleiner Eisenherz, der gerne die Welt retten wollte, solange er es gemeinsam mit Oscar tun konnte. Sie alle erfüllten mich, sodass ich fast das Gefühl hatte zu zerspringen. Ich wusste, dass ich nicht mehr auf dem Kiesweg kniete, ich schwebte in der Luft und langsam fing ich an, mich zu drehen.

»NUR AUF MEINEN WILLEN UND MEIN GEHEISS ...« Meine Stimme dröhnte und donnerte wie ein Gewitter und ich drehte mich schneller und schneller, rückwärts, als würde mich die Kraft der Worte nach hinten schleudern. »KOMMT JEMAND.«

»HERAUS.«

»ODER.«

Die letzten Worte musste ich einzeln brüllen. Ich schaffte es gerade noch, sie so zu formen, dass sie nicht nur Geräusch wurden, nicht nur ein Gewitterdonner ohne Inhalt. Ich war im Begriff, auseinanderzufallen. Alles in mir war bis zum Äußersten gespannt, um die Kraft zu bündeln, die durch mich hindurchströmte. Es war nicht meine. Ich trug nichts in mir, das dem auch nur ähnelte. Es war die wildeste Kraft der Wilden Welt, die Kraft Tausender Lebewesen und sie war nah daran, mich zu zerreißen.

»JEMAND.«

»HINEIN.«

Das letzte Wort. Die letzte Silbe. Es gab nichts mehr zu formen, nichts mehr, das gebündelt werden musste. Ich ließ los. Die Kraft sprengte sich frei, und als ich für einen kurzen Moment die Augen öffnete, sah es aus, als wäre ich in einem Regenbogenspiegel gefangen, nein, mehr als das, es war ein Spiegel in einem Spiegel in einem Spiegel ...

Ich hätte verschwinden können. In der Unendlichkeit, im Spiegel hinter dem Spiegel hinter dem Spiegel, aber es war besser, das nicht zu tun, das war mir klar. Denn wenn ich mich dort drinnen verirrt hätte, wäre ich nie mehr lebendig herausgekommen. Ich wäre nie wieder Clara geworden, ein Mädchen aus Fleisch und Blut und ein wenig Wildhexenkraft, gewöhnlich und ungewöhnlich, manchmal ängstlich und manchmal … ein echter Löwenherz.

»Ich will Clara sein«, flüsterte ich. »Nur Clara.«

Und dann fiel ich. Ich weiß nicht, wie lange und wie tief, aber als ich auf dem Boden aufschlug, nahm der Aufprall mir für einen Moment die Luft zum Atmen.

Ich blieb lange liegen. Zeit hatte keine Bedeutung. Es schien völlig egal, ob ich eine Stunde hier lag oder ein ganzes Jahr.

Ich war vollkommen leer. Irgendwo tat etwas weh, aber auch das hatte keine Bedeutung.

Eigentlich war alles egal. Menschen lebten, Menschen starben. Tiere lebten und starben. Es spielte keine Rolle. Ich rechnete nicht damit, dass ich je wieder etwas empfinden würde. Hätte man meinen Kopf öffnen können, das Innere hätte ausgesehen wie ein elektrischer Stromkreis, der völlig verschmort und geschmolzen war – nur alles ein bisschen ekliger, nachdem es ja kein Plastik war, sondern Fleisch und Blut und Hirnmasse und so.

Ich wusste nicht, ob ich mich bewegen konnte, und ich hatte auch keine Lust, es auszuprobieren. Ob es Tante Isa und den anderen gerade genauso ging? Gefangen an einem Ort, an dem es keine Zeit gab, wo das Herz mitten in einem unendlich langsamen Schlag erstarrt war und wo es ein Leichtes wäre, es ganz anzuhalten.

Oh nein, oh nein, oh nein.

Eine winzige, piepsende Stimme – es klang total nach Nichts, aber das konnte ja nicht sein.

Meine!

Kater? Nein, Katerchen, er klang bloß mehr und mehr wie Kater. Aber er war ja auch nicht hier.

Steh auf.

Dieser schroffe Kommandoton gehörte Kahla.

Clara, wir brauchen dich. Dich und Oscar. Kannst du dich nicht bitte aufsetzen? Du stirbst, wenn du liegen bleibst.

Mittlerweile war mir klar, dass ich die Stimmen nur in meinem Kopf hörte. Und derjenige, der gerade am meisten sagte, war der, der sonst am schweigsamsten war – Arkus.

Du stirbst, wenn du liegen bleibst.

War das so? Schon möglich. Es war so wenig von mir übrig, dass ich spüren konnte, wie leicht es wäre, dieses Wenige einfach versickern zu lassen.

Aber sie ließen mich einfach nicht in Ruhe.

Meine. Auf! Nicht sterben!

Eine unsichtbare Katzenpfote verpasste mir eine Ohrfeige und ich sah ein, dass ich wohl doch noch nicht dazu bereit war, die letzten Clara-Reste aus der Hülle meines Körpers fließen zu lassen. Ich setzte mich auf.

Das klingt so einfach, aber es war unglaublich schwer.

Die Stimmen, die in meinem leeren Kopf gelärmt hatten, verschwanden. Um mich herum war es so still, dass es kaum zu fassen war. Nicht ein einziges summendes Insekt, kein Flügelschlag, kein Rascheln im Gras oder Gebüsch.

Ich konnte die Brücke nicht sehen.

Das war total bescheuert, denn ich wusste ja, dass sie genau vor mir war, nur einen Schritt entfernt. Aber ich sah nichts anderes als den Feldweg, ein wenig Gras, mehr Feldweg, mehr Gras … die Brücke, der Bach, Tante Isas Haus, der Hügel hinter dem Haus – alles war weg, als hätte es nie existiert.

Was war passiert? Was hatte ich getan? Das alles konnte doch verflucht noch mal nicht einfach … verschwunden sein?

Ich hob meine bleiernen, tauben Arme und fasste nach meinem schweren, leeren Kopf. Ich verstand gar nichts mehr. In meinem Inneren, dort, wo der Wildsinn saß, brannte und schmerzte alles. Schon allein der Gedanke, ihn einzusetzen, tat weh, innerlich wie äußerlich. Pein. Das war die Bedeutung.

Trotzdem streckte ich einen winzigen, zitternden Fühler aus. Und plötzlich konnte ich es sehen – nicht das Haus, die Brücke, den Bach und alles andere, aber … etwas, das glänzte wie ein Regenbogen, wie eine gigantische Seifenblase, so riesig, dass Tante Isas gesamter Wildhag darin Platz fand. Sie spiegelte den Himmel, den Wald, die Wege und deshalb war nichts anderes zu sehen. Das Licht brach sich in der runden Sphäre der Blase, sodass man *sie* zwar sehen konnte, genau wie das, was sich in ihr spiegelte, aber es war unmöglich, in sie *hinein*zusehen. Alles, was sie umschloss, war unsichtbar, und selbst als ich nur in diese Richtung dachte, passierte etwas Seltsames in meinem Kopf. Ich wollte nicht mehr in diese Richtung gehen. Es war viel besser, hier nach links zu wandern, Richtung Westen … oder vielleicht einfach zurück zum Weg und dem Wald … Wieso dachte ich überhaupt, dass der Weg noch woanders hinführen könnte?

Es erinnerte fast ein bisschen an den Fluch des Vergessens, den Bravita damals Viridian auferlegt hatte. Der Fluch, der dafür sorgte, dass ihre eigenen Kinder sie vergaßen, dass niemand ihren Namen sagen konnte und sie unsichtbar zwischen den Menschen leben musste, die sie am meisten liebte.

Der Regenbogenschild schob einem etwas in den Kopf, sodass man die Lust verlor, in seine Richtung zu gehen. Es war wie ein Widerstand in der Luft, eine Klebrigkeit. In der Nähe des Schildes fiel das Atmen schwer. Und wenn man dennoch weiterging … fühlte es sich an, als würde man gegen eine fettige Gummimauer laufen. Man konnte drücken, so viel man wollte – der Schild gab nur ein kleines Stück nach, um einen dann dorthin zurückzuschleudern, woher man gekommen war.

Ein eisiger Schauer durchlief mich, so tief, dass meine Zähne klapperten. Es war gelungen. Ich hatte *wirklich* einen Wildhag geschaffen, der so stark war, dass ich daran glaubte, dass er Blutsschwester aufhalten konnte.

Aber im Augenblick half mir das auch nicht weiter. Ich saß außerhalb, schwach wie ein neugeborenes Zicklein … oder ein Dachsjunges … das nur darauf wartete, gefressen zu werden.

Ich stand auf. Wankte ein paar Schritte vorwärts, in die Richtung, von der ich *wusste*, dass dort die Brücke war, selbst wenn ich sie nicht sehen konnte.

»Auf mein Geheiß«, flüsterte ich. »Lass mich hinein.«

Und plötzlich war da kein Widerstand mehr, keine Spiegelung. Meine Füße schlurften über die alten Bohlen der Brücke und ein lärmender Chor voller Leben durchbrach die Stille.

»Clara!«, rief meine Mutter. »Wir konnten ohne dich nicht rauskommen. Du lagst einfach da und wir … wir konnten nicht zu dir, um dir zu helfen. Ist … ist dir etwas zugestoßen?«

»Nein«, murmelte ich. Und klappte zusammen wie ein Kartenhaus, das jemand umgepustet hatte. Ich schlug mir den Kopf am Brückengeländer an, aber das war nicht der Grund für die Dunkelheit, die mich überrollte. Es war die reine Erschöpfung. Ich kann nicht sagen, ob ich ohnmächtig wurde oder einfach einschlief, aber auf einmal war ich weg.

13 EIN KLEIN WENIG FRIEDEN

Als ich aufwachte, lag ich in meinem Bett in der Dachkammer mit dem runden Fenster. Tumpe war zu mir auf die Decke geklettert, sodass es nicht schwer war, die Wärme zu halten, und es roch so gut und vertraut nach warmem Hund.

Neben dem Bett, auf der kleinen blauen Kommode, die Tante Isa vor langer Zeit für mich herausgesucht hatte, standen ein Glas Milch und ein Teller, auf dem nur noch ein paar Krümel und einige zerkaute Gurkenscheiben lagen. Notversorgung für eine verletzte Wildhexe, dachte ich, die Tumpes »Fürsorge« offenbar nicht überlebt hatte.

Aber wenigstens hatte er nicht auch noch die Milch geschlabbert, denn ich hatte wahnsinnigen Durst. Ich fühlte mich ungefähr so, als wäre ich drei Marathons am Stück gelaufen. Ich streckte meine zittrige Hand nach dem Glas aus und trank die Milch in großen Schlucken aus.

Am liebsten wäre ich jetzt ein paar Tage im Bett geblieben, nur so lange, bis mir nicht mehr alles wehtat, vielleicht. Aber ich musste aufs Klo und dann war da ja auch noch die Sache mit Bravita Blutsschwester. Ob sie inzwischen angekommen war? War sie irgendwo dort draußen, auf der anderen Seite des Regenbogenschilds? Ich musste es herausfinden. Musste wissen, ob der Schutz wirkte, ob er hielt.

»So. Auf!« Ich schob Tumpe an und mit einem tiefen, nassen Hundeseufzer rollte er widerwillig aus dem Bett auf den Boden.

Ich war noch ein wenig wackelig auf den Beinen, schaffte es aber trotzdem die Treppe hinunter. Sogar ohne über Tumpe zu stolpern …

»Ah, da bist du ja«, sagte Mama, als ich in die Küche kam. »Geht es dir wieder besser?«

Alles war so seltsam alltäglich – Mama richtete das Abendessen, auch wenn es Tante Isas Küche war und ihr ein paar hungrige Wasserratten dabei zusahen. Oscar spielte irgendein Autorennen-Spiel auf meinem StarPhone. Tumpe trottete gutmütig zu seinem Napf und schnupperte an dem Frosch, der sich am Rand der Schüssel festhielt, um sich im Wasser abzukühlen. Na gut, okay, das war vielleicht nicht wirklich *alltäglich*, aber … un-krisenhaft. Friedlich und ruhig, so, als befänden wir uns gar nicht im Krieg mit einem Wiederkommer, der nichts anderes im Sinn hatte, als die ganze Welt zu verschlingen.

»Mir geht's gut«, log ich. »Ist … ist in der Zwischenzeit etwas vorgefallen?«

»Nö«, sagte Oscar. »Null Komma nichts. Außer, dass wir hier keinen Empfang haben.« Er streckte mir das Handy entgegen, fast schon vorwurfsvoll, damit ich den flachen Strich sehen konnte, wo sonst die Netzabdeckung angezeigt wurde. »Du kannst sie verklagen«, sagte er. »Was behaupten sie gleich wieder? ›Egal wo du bist. Egal was du tust‹.«

Er hatte recht, das war die wichtigste Botschaft der StarPhone-Werbung – man sah immer Polarforscher oder Bergsteiger oder irgendeine gischt-bespritzte Segelsportgröße weit draußen auf dem Meer, die gerade zu Hause anriefen, um ihren Kindern eine gute Nacht zu wünschen. Genau deshalb hatten meine Eltern mir das Telefon auch geschenkt, obwohl es schweineteuer und eigentlich viel zu schick für jemanden wie mich war – Oscar benutzte es öfter als ich. »Damit du immer zu Hause anrufen kannst«, hatte Mama gesagt. Und es hatte tatsächlich schon an den seltsamsten Orten funktioniert, zum Beispiel hier bei Tante Isa, wo man sonst mit einem gewöhnlicheren Telefon ganz hoch auf den Hügel musste, um jemanden zu erreichen.

Nur jetzt also nicht.

»Die Garantie gilt wohl nicht für magische Seifenblasen«, sagte ich. »Man könnte also sagen, dass es meine Schuld ist.«

Mama schenkte mir ein Glas von Isas Holundersaft ein.

»Hier«, sagte sie. »Das wird dir guttun. Aber mir scheint, du bist langsam wieder du selbst.«

»Äh ... ja«, sagte ich und leerte das Glas in einem Zug. »Danke. Wann essen wir?«

So alltäglich. Als wäre ich gerade aus der Schule gekommen und hätte nicht ... hätte nicht die Kraft von tausend Tieren in mir getragen und sie dazu genutzt, einen Regenbogenschild zu schaffen. Aber ich war hungrig.

»Es dauert nicht mehr lange«, sagte Mama. »Es gibt Gemüsesuppe, aber ich habe noch eine Dose Bohnen dazugekippt, dann sättigt sie besser.«

»Prima«, sagte ich und verdrängte die Lust auf Spaghetti mit Hackfleischsoße oder einen dampfenden, saftigen Braten. Auch zu Hause kochte Mama am liebsten Essen mit viel Gemüse – sie hatte noch nie gerne Lebensmittel angefasst, die zu viel Muskeln, Knochen und Blut beinhalteten. Ich überlegte, ob sich das vielleicht geändert hatte, nachdem sie inzwischen wusste, dass Lia nicht tot war. Denn es bestand kein Zweifel daran, dass der

Puma und die blutigen Reste seiner Mahlzeit für ihre Abneigung verantwortlich gewesen waren. Normalerweise hatte ich nichts gegen das Grünzeug, aber gerade jetzt hatte ich richtig Appetit auf Fleisch.

Oscar schaute von seinem Spiel auf.

»Bist du diesmal richtig wach?«, fragte er.

»Was meinst du?«

»Na ja, vorhin warst du ziemlich seltsam.«

Ich runzelte die Stirn.

»Vorhin?«

»Ja. Vor ein paar Stunden.«

Ich warf einen Blick auf die Küchenuhr. Es war kurz vor sechs. Ich hatte den ganzen Tag geschlafen. Das heißt – das dachte ich zumindest.

»War … war ich vorher schon mal unten?«

Mama hörte auf, im Topf zu rühren, und sie sahen mich beide mit diesem Irgendetwas-stimmt-mit-ihr-nicht-Blick an.

»Kannst du dich gar nicht daran erinnern?«, fragte Mama. »Du hast sechs Käsebrote verdrückt …«

Ich schüttelte den Kopf. Das erklärte dann wohl die Krümel auf dem Teller – womöglich hatte ich Tumpe unrecht getan.

»Fühlst du dich gut?«, fragte Mama.

»Ich … ich glaube schon. Also, mir tut noch alles weh und so, aber …«

Es war beunruhigend, dass ich mich kein bisschen an die Käsebrote erinnern konnte. Aber andererseits war es vielleicht nur natürlich, dass die Magie einen etwas wunderlich machte.

»Wo ist Lia?«, fragte ich.

»Sie hält an der Brücke Wache. Wir wechseln uns ab.«

»Ich gehe mal zu ihr … und schaue nach«, sagte ich, obwohl meine Beine und mein Magen lieber in der Küche geblieben wären, zumindest so lange, bis das Abendessen fertig war.

Oscar legte das Telefon weg.

»Ich komme mit«, sagte er.

»Okay«, sagte Mama. »Aber in zehn Minuten gibt es Essen.«

Lia saß auf Tante Isas alter Gartenbank, die sie sich in bequemem Abstand zur Brücke aufgestellt hatte, am sandigen Ufer des Baches. Das Wasser gluckerte vor ihren Füßen und sie hielt die Harfe im Schoß. Sie spielte eine lange Reihe ihrer sanften Töne und summte dazu. Es war keins von Carmelias Liedern, in Wahrheit war es kaum eine Melodie. Es erinnerte mehr an …

Nein, es erinnerte nicht nur daran. Es *war* Wildgesang.

»Was machst du?«, fragte ich.

Sie zuckte zusammen und hörte auf zu spielen.

»Ich dachte, ich hätte da drüben etwas gesehen«, sagte sie und zeigte zum Waldrand auf der anderen Seite des Baches, jenseits der Wiese. »Ich bin mir nicht sicher und es sagt ja auch keiner, dass sie es wirklich ist. Aber ich dachte, es könnte nicht schaden, den Schild ein wenig zu stärken. Am besten wäre es ja, wenn sie überhaupt nicht merken würde, dass wir hier sind …«

Ich spähte zum Waldrand. Man konnte problemlos nach draußen schauen – von innen war der Schild klar und durchsichtig. Aber ich konnte nichts sehen. Oder niemanden …

Dann wurde mir etwas bewusst.

»Sie war schon einmal hier, dadurch wird es natürlich schwerer, sie zu täuschen. Und … sie wird auch sehr schnell merken, dass etwas nicht stimmt.«

»Wieso?«

»Weil dort draußen kein Leben ist. Es gibt nichts, von dem die Egel sich ernähren können.«

Alles Leben im … ja, im Umkreis mehrerer Kilometer, soweit ich es spüren konnte … war schließlich hier versammelt, im Wildhag.

»Boah, das ist ja clever«, sagte Oscar. »Dann ist sie gezwungen, woanders hinzugehen, wenn sie etwas essen will!«

Ich nickte. Aber dann wusste sie eben auch, wo wir waren, zumindest ungefähr. Und das war vielleicht schon nicht mehr ganz so clever …

Ich schaufelte die Gemüsesuppe so hastig in mich hinein, dass ich mir die Zunge verbrannte und sie mit kaltem Wasser kühlen musste. Dann aß ich drei Käsebrote. Oder offenbar drei *weitere* Käsebrote. Die letzte Scheibe war das Endstück und danach gab es kein Brot mehr.

»Wie viel Essen haben wir eigentlich?«, fragte ich. »Kann sie uns aushungern?«

»Vorläufig nicht«, sagte Mama. »Wir haben jede Menge Hefe, ich kann also noch mehr Brot backen. Und Isas Vorratskammer ist gut gefüllt. Ich glaube, sie geht nicht so oft einkaufen, sondern … *bunkert* stattdessen.«

Das stimmte. Auf etlichen Metern Regal stapelten sich Gläser mit Marmelade, eingekochten Tomaten und getrockneten Bohnen sowie Säcke und Kisten mit Wintergemüse – Kartoffeln, Möhren, Zwiebeln, Kohl und solche Sachen. In der Tiefkühltruhe lagerte Fleisch – drei Wildenten, ein paar Fasane und ein Stück, das aussah wie Rehrücken. Tante Isa war keine Vegetarierin – wenn sich ein Huhn den Flügel gebrochen hatte und sie ihm nicht helfen konnte, landete es im Suppentopf – aber sie würde nie ein Tier töten, nur um es zu essen.

Dann fiel es mir siedend heiß ein. Was war mit all den Tieren draußen? Oder, was das anging, denen hier drinnen? Es waren wilde Tiere. Sie waren es gewohnt, sich alleine zurechtzufinden, und zum Glück war Frühling und das Gras und die Knospen an den Bäumen sprossen, aber so viele Tiere auf so begrenztem Raum? Wie lange würde es dauern, bis alle Pflanzen in Tante Isas Wildhag ratzekahl abgefressen waren?

Und was war mit denen, die nicht zu den Pflanzenfressern gehörten? Die Füchse zum Beispiel? Der Luchs, falls er denn da war? Wenn sie anfingen, sich gegenseitig aufzufressen, würde das Ganze womöglich in einem riesigen Blutbad enden, weil die Beutetiere keine Chance hätten zu fliehen. Ich schauderte bei dem Gedanken.

Vielleicht konnte ich sie bitten, Frieden zu halten. Oder den Frieden anordnen. Genau wie bei den Rebhühnern und Enten, als sie nicht aufhörten, Tumpe zu beschimpfen.

Oh, mein Kopf tat so weh. Die Suppe schwappte in meinem Magen hin und her. Ich fühlte mich flau und aufgebläht und trotzdem war ich immer noch hungrig.

Meine Gedanken blieben schlagartig stehen.

Hungrig.

Ich konnte nicht hungrig sein. Nicht mehr, nicht jetzt. Natürlich hatte ich für den Regenbogenschild ziemlich viel Kraft gebraucht – unfassbar viel Kraft –, aber …

Mir wurde eiskalt.

Ich hatte schon mal einen Hunger gefühlt, der nicht mein eigener war. »Oh nein«, jammerte ich unwillkürlich, wie ein unfreiwilliges Echo von Nichts. »Nicht schon wieder …«

»Ja, aber wie macht sie das?«, fragte Oscar, als ich ihm meinen Verdacht schilderte.

»Woher soll ich das wissen«, sagte ich müde. Und ängstlich. Ich ... ich hatte das alles so satt. »Aber ... als ich diesen Traum hatte, da wusste ich, dass sie auf dem Weg hierher ist.«

»Ja.«

»Und jetzt ... jetzt glaube ich, dass sie mich ihren Hunger spüren lässt.«

»Und du bist sicher, dass es nicht aufhören wird, auch wenn du weiter isst?«

»Ja, ich glaube, ich könnte essen, bis ich platze, ohne dass es auch nur irgendetwas ändern würde. Weil *sie* dann immer noch hungrig sein wird.«

Ich musste einen dicken, traurigen Kloß in meinem Hals herunterschlucken. Das alles war so ungerecht – ich hatte doch getan, was ich sollte, ich hatte mein Versprechen aus der Dreizehnjahrsnacht gehalten und die Tiere beschützt. Warum durfte ich selbst denn nicht auch meine Ruhe haben? Wenigstens für eine Weile.

14 EIN INNERER VERRÄTER

Man fühlt sich ein bisschen wie auf einer belagerten Burg«, sagte Oscar nachdenklich. »Wir haben die Zugbrücke hochgezogen und sie kann nicht rein – aber genauso wenig können wir raus.« Er fütterte Eisenherz mit Sonnenblumenkernen aus Tante Isas Vogelfuttermischung. Eisenherz setzte sich auf seinen Schwanz – nicht gerade ein Eichhörnchenschwanz, aber doch viel buschiger als der einer Maus – und hielt den Samen mit beiden Vorderpfoten.

Wir waren auf dem Weg zur Brücke, um Lia abzulösen. Mama meinte, es wäre das Beste für mich, auf dem Sofa liegen zu bleiben und Ruhe zu halten, aber mir war klar, dass daraus nichts werden würde. Das Sofa stand viel zu nah an der Küche. Mein Körper hatte keinen Hunger, aber *ich* schon. Ich hoffte, das würde ein wenig nachlassen, sobald ich das Essen zumindest nicht mehr *riechen* konnte.

Der Bach war voller Fische und anderer Wassertiere. Insekten schwirrten dicht über der Oberfläche und ein paar Otterkinder hatten sich ihre eigene Wasserrutsche gebaut. Sie schlitterten die Uferböschung herunter und landeten mit fröhlichem Platschen im Wasser – dann schwammen sie zurück, drängelten sich das Ufer hoch und waren bereit für die nächste Runde. Es erinnerte mich total an den Spielplatz im Park zu Hause.

Die Wasserspiele der jungen Otter munterten mich ein bisschen auf. Genau darum ging es – dafür zu sorgen, dass sie geschützt, in Sicherheit vor Bravita Blutsschwester, herumtollen konnten. Frei und verspielt, voller Energie und Lebensfreude.

»Es ist noch Suppe da«, sagte ich zu Lia. »Sie ist noch warm, wenn du dich beeilst.« Mir wurde ganz flau beim Gedanken daran, wie schwer es mir gefallen war, ihr etwas übrig zu lassen, und ich war froh, dass sie nicht wusste, wie gierig ich gewesen war.

Sie saß auf der Gartenbank und starrte abwesend zum Waldrand.

»Da *ist* etwas«, sagte sie. »Dieser Zweig bewegt sich jetzt zum dritten Mal.«

Tatsächlich – dort drüben tat sich etwas. War es Bravita?

Nein. Die Gestalt, die aus dem Wald auftauchte, war mollig und bonbonbunt. Ihre Röcke waren nicht so prall wie sonst, ihre ganze Erscheinung wirkte ein wenig mutlos, aber davon abgesehen gab es eigentlich keinen Zweifel: Es war die Egelhexe Ilja.

Lia richtete sich auf.

»Mama …«, sagte sie. Mehr zu sich selbst, glaube ich, als zu uns anderen und Ilja.

Zögernd stand sie auf.

»Ich muss mit ihr reden«, sagte sie.

Oscar und ich wechselten einen Blick.

»Ich glaube nicht, dass das eine gute Idee ist«, sagte Oscar.

»Sie hält mich für tot«, sagte Lia. »Ich muss ihr doch sagen, dass das nicht stimmt!«

»Das denkt sie jetzt seit über zwanzig Jahren«, sagte ich. »Auf einen Tag mehr oder weniger kommt es jetzt auch nicht mehr an.«

Aber Lia hörte mir nicht zu. Sie machte ein paar hastige Schritte auf die Brücke zu.

»Mama!«, rief sie und klang ganz anders als sonst. Viel kindlicher. »Ich bin hier!«

Oscar rannte ihr nach, um sie aufzuhalten. Aber das erwies sich als vollkommen überflüssig. Lia blieb von ganz alleine stehen, ungefähr so, als wäre sie gegen eine Wand gelaufen.

Das kam unerwartet für sie, natürlich. Aber tatsächlich kam es für mich auch überraschend. Obwohl ich es eigentlich hätte wissen müssen.

Nur auf meinen Willen und mein Geheiß/ kommt jemand heraus oder jemand hinein. Das waren Worte, die ich niemals wieder vergessen würde, aber erst in diesem Moment wurde mir richtig klar, was sie bedeuteten. Ich hatte Lia nicht die Erlaubnis gegeben zu gehen – ich *wollte* nicht, dass sie ging – und deshalb konnte sie es auch nicht. Die Tür war zu und abgeschlossen und nur ich alleine hatte den Schlüssel.

Das war mittlerweile auch Lia aufgegangen. Sie drehte sich zu mir um.

»Lass mich raus«, sagte sie. »Ich will mit ihr reden!«

Oscar warf mir einen verstohlenen Blick zu.

»Das tust du nicht«, sagte er leise. »Ja? Das wäre *so* dumm.«

»Ich bin mir nicht sicher, ob ich dich rauslassen kann, ohne dabei den ganzen Schild zu zerstören«, log ich. Wobei ... eine richtige Lüge war es nicht, ich hatte es schließlich noch nie versucht, ich war mir nur ziemlich sicher, dass ich es sehr wohl könnte, wenn ich nur wollte.

Für einen kurzen Moment sah Lia so aus, als überlegte sie, mich dazu zu zwingen, als wären ihr Blutsschwester, der Schild und alles andere völlig egal. Aber dann hielt sie sich doch zurück.

»Nein, das ... das wäre wohl nicht so gut«, sagte sie.

»Wenn Ilja da draußen ist«, sagte Oscar. »Dann ist Blutschwester auch nicht weit. Selbst wenn wir sie nicht sehen.«

Lia rieb sich mit einer Hand das Gesicht.

»Es ist so seltsam, sie zu sehen«, sagte sie. »Ich bin vor ihr weggelaufen, aber … aber ich wollte doch nicht, dass sie denkt, ich wäre tot.«

»Geh rein und iss etwas Suppe«, versuchte Oscar sie zu überreden. »Vielleicht finden wir ja irgendeine Möglichkeit, eine Botschaft nach draußen zu bringen. Ohne den Schild zu zerstören.«

Sie drehte sich langsam um. Ihr Gesicht war zerfurcht und traurig und irgendetwas, das vorher noch da gewesen war, fehlte plötzlich. Irgendeine Magie vielleicht. Sie drückte die Harfe an sich, als wäre sie ein Teddy.

»Ruft mich, wenn etwas ist«, sagte sie und ging mit gesenktem Kopf und hängenden Schultern zurück zum Haus.

Oscar sah ihr nach.

»Wir müssen sie im Auge behalten«, sagte er. »Es gibt zwei Wege, eine Festung zu Fall zu bringen: Angriffe von außen – und Verrat von innen.«

»Sie kann nichts tun«, sagte ich. »Wenn ich es nicht will – kommt sie nicht raus.«

Oscar sah mich an.

»Du erlaubst ihr das nicht – okay?«, fragte er. »Sie hat ihre Mutter seit einer Ewigkeit nicht gesehen. Sie ahnt nicht, was aus ihr geworden ist. Und sie weiß nicht … sie ist Blutschwester nie begegnet. Sie … sie würde auf der Stelle von ihr verschlungen.«

»Das weiß ich«, sagte ich. »Ich werde schon auf sie aufpassen.«

Drüben auf der Wiese wanderte Ilja suchend herum, als würde sie spüren, wo wir waren, aber den Weg nicht finden. Plötzlich blieb sie stehen und rief etwas. Es drang nur leise durch den Regenbogenschild, aber dennoch lief es mir eiskalt den Rücken hinunter.

»Lia …«, jammerte sie. »Kleine Lia … Komm doch wieder nach Hause zu deiner Mutter!«

Es war stockdunkel, unter der Kuppel genau wie draußen. Wenn man genau hinsah, konnte man das fahle Mondlicht dort, wo es auf den Schild traf, schimmern sehen. Oscar wedelte irgendetwas weg.

»Musstest du die Mücken unbedingt auch hereinbitten«, fragte er.

»Ich kann mir nicht vorstellen, dass es zu dieser Jahreszeit noch Mücken gibt«, sagte ich abwesend. Ich hatte Hunger.

Von Blutsschwester war nichts zu sehen. Ilja hatte sich drüben auf dem Feld ins Gras gelegt.

»Mittlerweile ist sie nicht mehr nur ein bisschen durchgedreht, sondern völlig wahnsinnig«, sagte Oscar. »Sie könnte einem fast leidtun, aber …«

»Ja«, sagte ich. »Aber.«

Der Hunger nagte in meinem Kopf und nicht im Magen, aber das machte es auch nicht besser.

»Ich bin müde«, murmelte ich.

Oscar sah mich von der Seite an.

»Ich kann gerne eine Weile alleine Wache halten«, sagte er.

Ich legte mich auf Tante Isas alten Regenmantel, den ich mir zwischendurch geholt hatte. Hier gab es mehr Sterne am Himmel als in der Stadt. Das heißt … Tante Isa hatte gesagt, dass es gar nicht mehr Sterne waren, sondern dass man sie in der Stadt nur nicht sehen konnte, weil die Stadt selbst so viel Licht ausstrahlte. Straßenlaternen und Hausbeleuchtungen, Leuchtreklamen und Autoscheinwerfer in endloser Reihe … *wimmelnde, lärmende Störungen, die die Nacht beschmutzen, sodass man weder hören noch sehen kann* … Der Sternenhimmel hier gefiel mir besser. Die Stille, die einem Platz zum Denken ließ. Die Abendluft, die nach Wald duftete und nicht nach stinkenden *Monstrositäten roch, die alles schändeten, was an der Natur heilig war. Es war ein Verbrechen, ein Sakrileg. Es war meine Pflicht, etwas dagegen zu unternehmen. Was wäre ich für eine Wildhexe, wenn ich nicht für das Wilde in der Welt kämpfte?*

Oh, wenn doch nur dieser Hunger nicht wäre …

Aber dagegen konnte man etwas unternehmen. Ich war umgeben von Leben. Ein einzelnes oder zwei würden den Schaden reparieren, den ich mir selbst zugefügt hatte, als ich den Schildhag errichtete. Im Übrigen ein ziemlich anspruchsvolles Unterfangen für eine so junge Wildhexe. Darauf konnte ich stolz sein. Aber ich musste lernen, besser auf mich achtzugeben. Lernen, für ein Gleichgewicht zwischen dem, was ich nahm, und dem, was ich gab, zu sorgen. Alles – und noch mehr als das – zu geben, konnte eine Wildhexe das Leben kosten. Man musste sich etwas zurückholen, um die Balance wiederherzustellen. Ein einzelnes Leben oder zwei als Preis für die vielen, die man bewahrte. Das war nur recht und billig und keinesfalls gegen das Gesetz. Einen Fisch. Oder zwei. Oder eines der kleinen Hasenkinder, die sich im Gras versteckten …

»Clara? Was machst du da?«

Oscars Stimme weckte mich. Ich drehte mich gereizt um.

»Das geht dich gar nichts an!«

Er machte einen Schritt zurück und war nahe daran, die Uferböschung hinunterzurutschen, so wie die jungen Otter vorhin, nur nicht mit Absicht.

»Was ist los mir dir?«, fragte er. Eisenherz streckte den Kopf aus Oscars Tasche und zog ihn sofort wieder zurück.

Oscar wäre bestimmt sauer, wenn ich Eisenherz essen würde.

Erst im Kielwasser dieses Gedankens wurde mir bewusst, das hier irgendetwas ganz und gar nicht stimmte.

Blutsschwester hatte Kimmie erreichen können, bevor sie zu Chimära geworden war – damals, als sie nur ein Mädchen war, das sich ausgeschlossen fühlte und traurig war, weil ihr Vater ihre Dohle umgebracht hatte. Sie hatte sie erreicht, obwohl sie seit Jahrhunderten in ihrem Gefängnis eingesperrt war, unter einer erstarrten, erkalteten Steinschicht.

Jetzt konnte sie mich erreichen. Sie war in meinem Kopf. Sie verdrehte meine Gedanken.

Hatte sie vielleicht auch Lia dazu gebracht zu versuchen, die Mauer zu durchbrechen, um zu ihrer Mutter zu gelangen?

Für Lia war es unmöglich gewesen. Aber für mich nicht. Ich konnte einfach durch den Schild spazieren und die Tür öffnen und schließen, wie es mir gefiel.

Ich machte die Augen zu und hätte am liebsten ... ich weiß auch nicht. Die Innenseite meiner Schädelknochen gewaschen. Den Kopf ausgespült, bis nicht einmal der kleinste Rest von Blutsschwesters Flüstern übrig war. Aber ich war mir nicht sicher, ob das ging.

Wieso kämpfst du so? Wir können uns gegenseitig helfen.

»**NEIN!**«, rief ich, so laut ich konnte. »**HAU AB!**«

»Clara?« Oscar starrte mich an. »Was ist denn los?«

Ich habe dein Blut. Ich habe dein Fleisch. Du bist ein Teil von mir und ich bin ein Teil von dir. Du kannst aufhören, dagegen anzukämp-

fen. Und wieso solltest du auch? Gemeinsam können wir alles erreichen, von dem wir träumen.

»Sie hat mein Blut. Sie hat mein Fleisch«, murmelte ich.

»Was meinst du damit?«

»Die Egel haben das Blut geholt. Und der Geier ... der Geier hat ihr ein Stück meines Körpers gebracht. Ich kann ... ich kann sie nicht fernhalten. Sie kommt einfach rein!«

»Wo?«, fragte Oscar und sah sich hektisch um. »Wo ist sie?«

»Hier!«, ich schrie es fast und schlug mir selbst mit der Faust gegen die Stirn.

»Kannst du nicht ... dieses Hau-ab-Dings machen?«, fragte er.

»Doch. Das versuche ich ja. Aber ... sie schleicht sich einfach immer wieder ein, ohne dass ich es merke.« Mir fiel der leere Teller ein, der neben meinem Bett stand, als ich aufwachte.

»Als ich ... als ich die ganzen Käsebrote gegessen habe ... hast du da mit mir geredet?«

»Ich habe es versucht. Aber du hast mir nicht geantwortet. Genau genommen hast du kein einziges Wort geredet, auch nicht mit deiner Mutter. Du hast nur den Teller geleert und bist wieder raufgegangen. Deine Mutter ist mit einem Glas nach oben, aber da hast du schon wieder geschlafen, hat sie gesagt.«

Eine kalte Hoffnungslosigkeit kroch in mir hoch und legte sich um mein Herz.

»Das war ich nicht«, sagte ich dann. »Das war *sie*.«

Oscar riss die Augen auf.

»Glaubst du wirklich? So wie in ›Invasion der Körperfresser‹?«

Ich hatte keine Ahnung, was er damit meinte.

»Wovon redest du?«

»Das ist dieser coole alte Horrorfilm, wo die Leute durch Aliens aus dem Weltraum ersetzt werden. Also, die sehen punktgenau gleich aus. Aber ....« Er sah nachdenklich aus. »Die züchten die Ersatzkörper in einer Art Puppe, also ist es wohl doch nicht ganz –«

»Oscar!!«

Er bremste sich.

»Okay, nein, für dich ist das nicht so cool. Das verstehe ich. Was sollen wir jetzt tun?«

Ich gab ihm keine Antwort, weil ich keine hatte.

Was hatte er noch gesagt? Eine Festung fällt nicht immer durch einen Angriff von außen.

Manchmal ... manchmal gibt es einen Verräter im Inneren.

15 TOLLKIRSCHEN

Ich ließ Oscar unten am Bach und ging zum Haus zurück. Er wollte mitkommen, aber ich sagte ihm, dass jemand Wache halten musste. Das leuchtete ihm natürlich ein, auch wenn er nicht gerade froh darüber war.

»Wir können doch darüber reden«, sagte er. »Wenn wir nur gründlich genug nachdenken, dann fällt uns bestimmt eine schlaue Lösung ein.«

»Kann sein«, sagte ich, obwohl ich nicht daran glaubte. Den einzigen Plan, auf den ich selbst gekommen war, behielt ich lieber für mich.

Denn es war egal, dass wir Unmengen von Essen hatten. Egal, dass es frisches Wasser gab und die Tiere vorläufig noch nicht alles niedergenagt hatten. Die Festung würde fallen, lange bevor wir diesen Punkt erreichen konnten. Sofern ich nichts dagegen unternahm.

»Was ist los, Clara-Maus?«, fragte Mama.

Ich versuchte zu lächeln.

»Nichts«, sagte ich. »Ich wollte nur … etwas im Kräuterbuch nachschlagen.«

»Hast du Kopfweh?«

»Ein bisschen, aber … das ist es nicht … Es ist nur …« Mir fiel keine Ausrede ein, warum ich Tante Isas Giftkatalog brauchte.

»Äh, ich glaube, ich könnte nach dieser ganzen Sache mit dem Schildhag etwas Stärkendes vertragen.«

»Schildhag?«

So hieß es. Wenn man es richtig benennen wollte. Aber ich kannte dieses Wort natürlich nur, weil Blutsschwester es mir gesagt hatte.

»Ja, also ...« Ich wedelte mit den Armen. »Der Regenbogenschild.«

Meine Mutter musterte mich eine Spur zu gründlich.

»Bist du sicher, dass es dir gut geht?«, fragte sie.

»Mir geht's prima.«

Ich kann mir nicht vorstellen, dass mir das Lächeln beim zweiten Mal besser gelang, aber sie ließ mich trotzdem in Ruhe. Ich verschwand mit dem Buch in meinem Zimmer. Tumpe folgte mir, sprang auf mein Bett und legte sich auf meine Füße.

Tante Isa beschäftigte sich eigentlich kaum mit giftigen Kräutern. Sie bewahrte nur solche auf, die man auch als Heilpflanzen verwenden konnte, wenn man sie vorsichtig und korrekt einsetzte. Tollkirsche. Fingerhut. Engelstrompete. Bilsenkraut.

Ich saß auf dem Bett und studierte die ausführlichen Nebenwirkungen. Übelkeit, Magenkrämpfe, Erbrechen, Herzstillstand, Tod ... Ich schüttelte mich. Tumpe hob die Ohren und musterte mich mit besorgter Hundefalte auf der Stirn. Stimmt etwas nicht?

Das konnte man wohl sagen. Ich hatte den vagen Plan im Kopf, Blutsschwester zu vergiften, indem ich mich selbst vergiftete. Sie war auf der Hut vor Angriffen, bei denen Wildhexenkräfte im Spiel waren, aber ich wusste noch, was Dr. Yuli über mächtige Wildhexen und nicht-magische Lösungen gesagt hatte. Außerdem erinnerte ich mich selbst daran, wie überrumpelt sie gewesen war, als ich sie ganz einfach und ausschließlich körperlich torpediert und ausgeschaltet hatte.

Den Körper einzusetzen war ihr fremd. Sie wollte zwar gerne einen neuen Körper *haben* – aber nur, weil sie eine Basis für ihre Wildhexenkräfte brauchte, eine Art persönlichen Waffenstützpunkt für den Weltkrieg, den sie zu führen beabsichtigte. Sie wollte gerne meinen, weil sie meine Kräfte dann ihren eigenen hinzufügen konnte – und ich glaube, der Schildhag hatte sie nur noch gieriger gemacht. Sie konnte ja nicht wissen, dass die Kräfte gar nicht meine eigenen gewesen waren, sondern die Tausender Tiere. Oder aber sie wusste das ganz genau – und rechnete damit, dass man unzählige Tiere zwingen konnte, dasselbe für sie zu tun. Der Stier hatte keine Wahl gehabt …

Der Plan – falls man es überhaupt so nennen konnte – lautete also folgendermaßen: Ich würde so tun, als ob ihr Flüstern in meinem Kopf gewirkt hätte, ginge zu ihr nach draußen und erlaubte ihr, meinen Körper einzunehmen. Wohlgemerkt erst, nachdem ich sichergestellt hatte, dass dieser Körper ihr Tod sein würde.

Die Sache hatte nur ein paar Haken. Zum Ersten musste ich die Giftwirkung lange genug unterdrücken, damit sie keinen Verdacht schöpfte. Zum Zweiten war ich mir nicht sicher, dass sie sterben würde, nur weil sie sich in einem sterbenden Körper befand. Sie würde garantiert versuchen, diesen zu verlassen, aber da draußen gab es nicht so viele andere Möglichkeiten. Ich hoffte, dass ihr alter Egelkörper genauso vergiftet sein würde wie meiner, weil ich davon ausging, dass sie die Egel auf mich hetzen würde. Und dann war da noch Ilja. Ich wusste, dass Blutsschwester sie noch nicht übernommen hatte, weil ihr Körper nicht besonders brauchbar war und weil sie eine voll ausgebildete Wildhexe war, was eine Übernahme schwer machen würde – so schwer, dass es »die Mühe nicht wert war«. Wenn es keine andere Möglichkeit gab, würde sie es vermutlich versuchen, aber sollte es mir irgendwie gelingen, sie festzuhalten und zu schwächen … konnte ich dann sicherstellen, dass auch sie starb, wenn ich starb?

Denn das war natürlich der größte Nachteil an meinem Plan: Ich konnte nicht so richtig sehen, wie *ich* dabei überleben sollte.

Es war absolut nicht so, dass ich mich darauf freute zu sterben. Ich war dreizehn Jahre alt! Es konnte ja nicht Sinn der Sache sein, dass ich nicht mehr als dreizehn mickrige Jahre auf dieser Erde hatte. Was war mit dem Rest? Ich konnte den Gedanken kaum ertragen, dass ich Katerchen nie wiedersehen sollte, Mama, Oscar und … dass alle, die ich gernhatte, einfach ohne mich weiterleben würden. Außerdem hatte ich schreckliche Angst davor, dass es vielleicht sehr wehtun könnte. Hätte ich irgendeine andere Idee gehabt, wie ich Bravita aufhalten konnte, dann hätte ich sicher nicht hier gesessen und alles über Gift gelesen.

Und eine Sache war klar: Wäre Oscar nicht gewesen … hätte er mich nicht aufgehalten, dann hätte sie mich längst bekommen. Ohne Widerstand, ohne Kampf. Die Tür hätte ihr offen gestanden, sie hätte sich einfach durch alles hindurchfressen können, was der Schildhag jetzt beschützte. Es wäre sogar noch einfacher für sie gewesen, weil niemand hätte flüchten können.

Oh nein. Es war sogar noch schlimmer. Wenn ich ihr nachgeben würde, hätte sie die perfekte Festung. Hier konnte ihr niemand etwas anhaben. Selbst wenn alle Wildhexen der Welt versuchten, hier einzudringen, um ihr ein Ende zu bereiten, würde sie immer noch dasitzen und sie auslachen.

Weil ich so tüchtig gewesen war.

Es war nicht auszuhalten.

Dann nahm ich sie noch lieber mit in den Tod.

Wenn ich denn konnte.

Dumm.

Ich fuhr zusammen, denn der Gedanke war nicht meiner. War Blutsschwester etwa wieder in meinen Kopf gekrochen und spionierte mich jetzt aus?

Dumm. Sterben ist dumm.

Das klang nicht wie Blutsschwester. Es klang wie …

»Katerchen?«

Meine. Komm!

»Nicht jetzt, Katerchen. Ich bin beschäftigt.«

Damit dumm zu sein. Wieso sterben, wenn man kämpfen kann?

Seine Stimme erinnerte so sehr an Kater, und das, was er sagte, erinnerte mich an einen Rat, den er mir gegeben hatte: *Fliehe nie, bevor du nicht gekämpft hast. Einen Kampf zu verlieren heißt nur, dass der andere stärker ist als du. Aber fliehst du, ohne es versucht zu haben … dann ist der Feind besser als du. Und dann gewinnst du nie wieder. Niemals.*

»Ja, aber … ich kämpfe doch!«

Ich spürte sofort eine Art verärgertes Katzenschnauben. Der Versuch, sich von einem Feind fressen zu lassen und ihn damit von innen heraus zu vergiften, zählte nach Katerchens Meinung ganz offensichtlich nicht als Kampf.

Langsam wurde mir klar, dass er recht hatte. Wenn ich hier saß und darüber nachdachte, ob Tollkirsche wohl besser oder schlechter geeignet war als Bilsenkraut … dann nur, weil ich im Grunde schon aufgegeben hatte. Ich rechnete nicht damit, Blutsschwester besiegen zu können. Ich war mir sicher, dass ich verlieren würde, und das Gift war lediglich eine Form von … Niederlagentaktik.

Aber … gab es vielleicht doch noch eine Möglichkeit zu kämpfen, eine Möglichkeit zu gewinnen – die ich womöglich sogar überleben würde?

Komm!, brüllte Katerchen seine Einladung so breit wie ein Scheunentor. Und endlich verstand ich.

»Oscar?«

Er saß immer noch unten an der Brücke und behielt Ilja im Auge, die in der Zwischenzeit wieder aufgestanden war und rastlos über das Feld wanderte. Von Blutsschwester war weiterhin keine Spur zu sehen, aber ich wusste, dass sie da war, irgendwo dort drüben. Ich spürte ihren Hunger.

»Wie geht's dir?«, fragte er.

»Besser«, sagte ich. »Ich glaube, ich habe einen Plan. Aber du musst mir dabei helfen.«

»Okay«, sagte er nur. Ohne zu fragen, wobei oder warum. Das ist eine der Sachen, die ich an Oscar so gerne mag. Er stellt nicht viele Bedingungen – er ist einfach da, wenn man ihn braucht, ganz egal weshalb.

Ich erklärte ihm, was ich versuchen wollte.

»Ich beherrsche das nicht besonders gut«, sagte ich. »Genau genommen habe ich es noch nie mit Absicht getan und schon gar nicht so lange … Ich weiß nicht so ganz, was mit … dem hier passieren wird.« Ich wedelte mit beiden Händen vor meiner Brust und meinem Bauch herum. »Also … mit meinem Körper. Wahrscheinlich werde ich einfach stillliegen, aber sicherheitshalber …«

»Okay …«, sagte er, ein bisschen langsamer und weniger vorbehaltlos. »Ich verstehe nur nicht ganz …«

»Ich kann das Risiko nicht eingehen«, sagte ich. »Sie hat schon ein Stück von mir – das Geierstück. Ich darf nicht riskieren, dass sie hier reinkommt und … den Rest übernimmt … während ich weg bin.«

»Nein, das sehe ich ein, aber irgendwann wirst du doch zurückkommen, nicht wahr? Und woher soll ich dann wissen, ob du es bist oder sie?«

»Ich hoffe doch wahrhaftig, dass du den Unterschied erkennen wirst!«

»Aber … sie ist hinterhältig. Und vielleicht weiß sie genug über dich, um so zu tun, als wäre sie du.« Sein Gesicht hellte sich auf. »Wir brauchen ein Code-Wort. Eins, das sie nicht kennt.«

Oscar liebte es, wenn die Wirklichkeit seinen Lieblingsfilmen oder -spielen ähnelte. Im Augenblick befand er sich wohl in einer Agentengeschichte.

Trotzdem … vielleicht war die Idee ganz vernünftig.

»Ich hab's ….«, sagte er. »Eisenherz!«

»Was ist mit ihm?«

»Nein … das ist unser Code-Wort. Weil es ›mutig‹ bedeutet. Genau wie Löwenherz …« Er schenkte mir ein kleines, etwas verschämtes Lächeln, als hätte er mir ein Geschenk gemacht, von dem er nicht sicher war, ob ich es annehmen würde. Aber Angst und Kälte in meinem Inneren tauten ein wenig auf und ich spürte die Wärme in meinen Wangen.

»Okay«, sagte ich. »Abgemacht.«

Zum Glück war Mama mit der Brückenwache dran, denn ich glaube, anders als Lia hätte sie sich genauer angesehen, was ich in den »stärkenden Trank« hineinmischte. Lia hingegen fiel es schwer, an etwas anderes zu denken als an ihre Mutter, die bestimmt immer noch ruhelos herumwanderte. Ob sie ihre Tochter wohl auf irgendeine seltsame Weise *spüren* konnte? Sie war seit vielen, vielen Jahren Wildhexe, und auch wenn der Schildhag den Wildsinn und jeden anderen Sinn abschirmte, drang womöglich doch etwas hindurch.

»Weißt du noch, wie lange Egel ohne frisches Blut überleben können?«, fragte ich Oscar.

»Nö«, sagte er. »Aber ich kann es nachschlagen.«

Als mein Vater gebissen wurde, hatte Oscar mit mir zusammen Tante Isas gesammelte Egelbücher durchgesehen – oder besser gesagt alle Bücher, in denen nur das kleinste Detail über Egel stand.

Papa. Ob er wohl immer noch im Krankenhaus lag? Ich spürte einen Stich von schlechtem Gewissen, weil ich ihn fast vergessen hatte. Es war so viel passiert, und ... und irgendwie war ich ja daran gewöhnt, dass er nicht da war. Selbst jetzt, nachdem er in unsere Nähe gezogen war und eine brandneue, schweineteure Wohnung am Hafen hatte, war er immer noch ein Wochenend- und Ferien-Vater. Und während Mama ein Teil von allem hier war, hatte er erst entdeckt, dass so etwas wie die Wilde Welt existierte, als er Nichts zum ersten Mal begegnet war.

An meinem dreizehnten Geburtstag. Das war noch nicht lange her und doch ... doch kam es mir so vor, als wären seitdem Jahre vergangen.

Die ganze Zeit mit einem Finger in Tante Isas Kräuterbuch, maß und wog ich die Zutaten supergenau ab. Getrockneter Baldrian ... der machte mir keine Angst, den kannte ich schon vorher. Die doppelte Menge an getrocknetem Lavendel ... fein. Zitronenmelisse war ebenfalls ziemlich ungefährlich, auch wenn Tante Isas Mixtur konzentrierter war als die meisten anderen.

Auf der Flasche stand »Macht das Herz glücklich und wirkt Nervosität entgegen«, mit einem kleinen Smiley versehen, weil es eine Art Witz war – sie hatte mir mal erzählt, dass diese Worte nicht von ihr stammten, sondern von einem uralten Kräuterarzt namens Avicenna. »Ich glaube, er trug insgeheim auch ein wenig Wildhexe in sich«, hatte sie gesagt.

Aber mit dem Helmkraut musste ich schon vorsichtiger sein. Genau wie mit den Samen der Königskerze. Und nur ein einziger Teelöffel Klatschmohnsaft … Die getrockneten Weißdornblüten waren an sich zwar ziemlich harmlos, aber alle Kräuter zusammen machten die magische Wirkung aus.

Das war der erste Trank. Der, den Tante Isa »Reisebecher« nannte. Wenn ich alles richtig gemacht hatte, würde ich davon entspannt und schläfrig werden und mein Puls würde so weit herabsinken, dass es mir leichter fiel, mich auf die Wildreise zu begeben, während mein Körper auf meine Rückkehr wartete. Es funktionierte so ähnlich, wie wenn Eisenherz und andere Winterschläfer sich zurückzogen, sobald es kalt wurde und der Schnee kam.

Das zweite Mittel war noch gefährlicher. Hier durfte ich keinen Fehler machen. Ohne es riskierte ich aber, dass nicht genug Leben in dem Körper übrig blieb, in den ich zurückkehren wollte. Das Rezept war keine Erfindung von Tante Isa, sondern stammte aus einem Kräuterbuch, das mir Frau Pomeranze zum Geburtstag geschenkt hatte. In dem Fall, dass ich länger ›unterwegs‹ war – und das war durchaus möglich –, konnte es nämlich passieren, dass mein Herz *zu* langsam schlug oder sogar ganz stehen blieb. Sollte das eintreten, musste Oscar mir eine Domum-Pille unter die Zunge legen, um mich zu retten. Domum ist Latein und bedeutet »nach Hause«. Das stand auch in Frau Pomeranzes zierlicher Schreibschrift in dem Buch. Die kleine Pille würde dafür sorgen, dass mein Herz schneller und lebhafter schlug, damit der reisende Teil von mir nach Hause zurückkehren konnte.

Das alles hatte ich ihm noch nicht erzählt. Er wusste nur, dass er bei mir bleiben und meinen Körper mit ein paar Gürteln am Bett festbinden musste, damit »ich« nicht über die Brücke spazieren und mich Blutsschwester in die Arme werfen konnte, falls sie wieder das Kommando übernahm, wie schon bei den Käsebroten.

»So hat es auch Odysseus gemacht«, hatte er gesagt. »Der mit dem trojanischen Pferd. Er hatte von den Sirenen gehört, die so schön sangen, dass die Leute ins Wasser sprangen und ertranken. Das wollte er sich gerne selbst anhören, aber er hatte ja keine Lust zu ertrinken, also mussten seine Männer ihn am Mast festbinden.

»Und was war mit denen?« Ich konnte mir die Frage nicht verkneifen. »Sind die etwa nicht ins Wasser gesprungen?«

»Sie bekamen den Befehl, sich Bienenwachs in die Ohren zu stopfen.«

Wie gesagt. Manchmal wusste er die seltsamsten Dinge …

Ich brauchte fast eine ganze Stunde, um die Domum-Pille herzustellen. Die Zutaten mussten natürlich genau abgemessen und gewogen werden und das Ganze musste man mit Handschuhen machen, denn sonst lief man Gefahr, dass ein Teil davon zu früh durch die Haut in den Körper geriet. Ich wickelte mir ein Tuch über Mund und Nase, um nichts einzuatmen – und spätestens jetzt wäre meine Mutter misstrauisch geworden, aber Lia hatte den Kopf an die Küchenwand gelegt und schien ein Nickerchen zu halten.

Ich will nicht zu viel über die Domum-Pille erzählen, weil Frau Pomeranze dick und fett **Geheimrezept** darübergeschrieben hatte, aber Tollkirschen kamen tatsächlich hinein. Und eine ganz, ganz winzige Menge Fingerhut. Tante Isa hatte eine alte Hand-Tablettenpresse auf ihrem Arbeitstisch in der Stube stehen. Man vermischte alle Zutaten zu einem trockenen Teig, fügte ein wenig Kartoffelmehl und Wasser hinzu, damit alles schön zusammenhielt, und füllte diesen Teig dann in eine Form – eine sogenannte Matrize. Danach legte man eine Platte darauf, die so ein Dings hatte, das genau in die Matrize passte, und dann verpasste man der Form noch einen ordentlichen Schlag mit einem Holzhammer, der eher so aussah, als würde man damit sonst Zeltpflöcke einschlagen.

Als ich den Hammer das erste Mal auf die Presse knallte, ertönte ein verärgertes Dachsbellen unter dem Sofa und vier Kohlmeisen und ein Zaunkönig flogen auf und flatterten mir lauthals schimpfend um die Ohren. Es war eindeutig nicht in Ordnung, ihre Ruhe auf diese Weise zu stören.

Ich tat es trotzdem ein weiteres Mal und presste eine zweite Pille. Nur zur Sicherheit.

Als Tante Isa versuchte, mir beizubringen, auf Wildreise zu gehen und wilde Tiere zu besuchen, gab sie mir Baldriantee, damit ich mich ein bisschen entspannte. Die ganze Sache war damals kein großer Erfolg. Die Wildreiserei war nur eine weitere Sache, die Kahla hundert Mal besser beherrschte als ich. Ich konnte es überhaupt nicht steuern, wurde in Zeit und Raum hin und her geworfen und hätte dabei um ein Haar einen Jungen an meiner Schule umgebracht.

Ich hoffte, dass es dieses Mal besser klappte. Es war aber auch bestimmt etwas anderes, wenn der Körper, den man besuchen wollte, dem eigenen Wildfreund gehörte, der gewissermaßen schon mit dem Willkommen-Schild wedelte und von Weitem »Hier geht's lang!« rief.

Ich trank den Reisetrank, so schnell ich konnte. Er schmeckte gar nicht mal so grässlich, wie ich befürchtet hatte, nur ein bisschen bitter und nach Zitrone, wegen der Melisse. *Macht das Herz glücklich und wirkt Nervosität entgegen.* Das wäre ja schön ... auch wenn es ein bisschen nach Mückenschutz roch und schmeckte.

Ich legte mich auf mein Bett.

»Jetzt bist du dran«, sagte ich zu Oscar.

»Bist du sicher?«

»Ja. Wir dürfen kein Risiko eingehen.«

»Okay ...«

Er hatte in einer Schublade ein paar alte Steigbügelriemen gefunden. Sie reichten einmal um mich und das Bett herum. Er straffte sie unter dem Lattenrost, damit ich nicht an die Schnallen kommen konnte.

»So?«, fragte er.

Ich nickte. Ich war mir nicht sicher, ob es Einbildung war, aber es kam mir so vor, als würden meine Lippen schon prickeln.

»Bis später«, sagte ich. »Irgendwann ...«

Dann schloss ich die Augen. Konzentrierte mich darauf, zu entspannen, einzuatmen, auszuatmen ... Das Bett schaukelte sanft und es kam mir vor, als würde ich in meinen Körper fallen – nicht raus, sondern eher tiefer hinein.

Was machst du da, Mädchen?

Bravitas Stimme. Überrumpelt und gereizt. Kein schmeichelnd-lockender Singsang mehr.

Ich verlasse dich, flüsterte ich in meinem Inneren. *Du kannst tricksen und locken, so viel du willst – ich werde dich nicht mehr hören, denn ich werde nicht mehr hier sein.*

Und mit einem Sog, einem Ruck, wurde ich nach unten gewirbelt, nach innen, in eine warme, weiche Dunkelheit, wo die einzige Stimme, die ich hören konnte, eine triumphierende, übermütige Katzenstimme war:

Meine!

16 ZWISCHEN DEN ZEILEN

Ich war nicht hungrig. Ich fror nicht. Ich war nur ein wenig müde, sodass ich gähnte – ein laaaaaaanges, herrliches Gähnen, dass ich von der Schnauze bis in die Schwanzspitze spüren konnte. Dann rollte ich mich wieder zusammen und schob die Schnauze unter den Schwanz, wo es warm und gemütlich war und ziemlich gut nach mir roch. Ich war nicht mehr alleine. Alles war genau so, wie es sein sollte. Im Kamin knisterte das Feuer, das Kissen im Körbchen war weich. Mein Bauch war rund und gut mit Fisch und gekochten Kartoffeln gefüllt – mehr Fisch, zum Glück – und ich war gerade eben zum Pinkeln draußen gewesen. Konnte es etwas Schöneres geben? Der Schlaf kam schnell und tief, und auch wenn da irgendwo dieses kleine nagende Gefühl war, dass ich eigentlich etwas erledigen sollte, dann … sollte? Was hieß das überhaupt? Sollte … würde … musste … das waren Worte ohne Sinn. Ich war müde, deshalb schlief ich. So einfach war das. Mein eines Ohr zuckte ein bisschen, ich leckte mir über die Nase. Und dann …

… war eine ganze Weile vergangen. Die Flammen im Kamin waren erloschen, nur etwas Glut leuchtete wie rote Augen im Dunkeln. Als würden sie mich anstarren. Ich wollte aber nicht angestarrt werden und überlegte kurz, sie anzufauchen, aber dazu war ich viel zu schläfrig.

»Ich habe Grimeas Buch studiert«, sagte einer der beiden Menschen, die am Kamin saßen.

»Das habe ich auch getan, Valla«, sagte Thuja. »Tag und Nacht. Bis Arkus so müde war, dass ich ihn gehen lassen musste.« Obwohl sie sich in ihren Räumen so sicher bewegte, dass man es leicht vergessen konnte, war Thuja schließlich blind und konnte nicht selbst lesen. Arkus hatte ihr vorgelesen, aber wo war er jetzt? Ich konnte ihn weder sehen noch hören. Ich witterte eine schwache Fährte, wenn ich tief einatmete, also war er vor kurzer Zeit noch hier gewesen. Vielleicht während ich schlief?

»Dann weißt du auch, dass uns nur eine einzige Möglichkeit bleibt, um Bravita ein für alle Mal loszuwerden«, sagte Valla.

Thuja nickte.

»›Denn wenn ein Wiederkommer nur lange genug lebendig war, findet er nicht ohne Weiteres durch das Tal des Staubs‹«, sagte sie und man hörte den Worten an, dass sie sich das nicht selbst ausgedacht hatte, sondern dass es bestimmt ein Satz war, der in dem Buch dieser Grimea stand: *Die Theorie der Magie*.

»›Dann braucht er einen Führer und Gefolgsmann, einen, der bereitwillig die letzte Brücke mit ihm überquert. Und dieser Gefolgsmann muss mutig genug sein, um nicht umzukehren, und stark genug, den Geist des Wiederkommers nicht loszulassen.‹«

Thuja seufzte.

»Vielleicht sollte ich es tun«, sagte sie. »Ich bin die Älteste von uns.«

Valla schüttelte den Kopf.

»Aber auch die Klügste. Wir können nicht auf dich verzichten, nicht jetzt, wo die Existenz der Rabenmütter an einem so dünnen Faden hängt. Und …«

»Und was?«

»Du bist bestimmt mutig genug. Aber hast du auch die Kraft? Wer weiß, wozu Bravita inzwischen imstande ist? Außerdem …«

»Ja«, sagte Thuja leise. »Ich weiß ja. Eine fehlt im Kreis. Bravita hat schon eine der unseren getötet.«

Sie sprachen bestimmt von der jungen Wildhexe, die mit den Vögeln im Rabensturm umgekommen war. Ich hatte nicht gewusst, dass sie zu Thujas Hexenkreis gehört hatte, aber so war es offenbar.

»Geh schlafen«, sagte Valla. »Du bist müde. Das sind wir beide. Und müde Wildhexen sind schlechte Denker.«

Thuja lächelte.

»Gute Nacht, Valla.«

Er ging. Thuja blieb sitzen. Ihre Hand ruhte auf dem Buch, über das sie gerade diskutiert hatten, als könnte sie die Worte in sich aufnehmen, indem sie es berührte.

»Alt«, murmelte sie. »Alt, dumm und müde. Geh jetzt ins Bett, Thuja.«

Aber es verging noch eine ganze Zeit, bis sie ihrem eigenen Rat folgte.

Dann war es still in der Stube. Sogar das Feuer hatte aufgehört zu knistern. Katerchen streckte sich und wollte sich wieder zum Schlafen einrollen, aber ich fand keine Ruhe. Ich konnte nicht aufhören, über das nachzudenken, was Thuja und Valla gesagt hatten.

Ich glaube nicht, dass ich mir schon mal ernsthaft Gedanken darüber gemacht hatte, was Sterben eigentlich bedeutete. Nicht einmal als ich überlegte, ob ich mich selbst vergiften sollte, um Blutsschwester zu töten. Ich hatte mir vermutlich vorgestellt, dass … dass der Tod nur eine Art Schlaf war, aus dem man nicht mehr aufwachte. Ein Traumwald wie der, in den Kimmie und ihre kleine Schwester gegangen waren? Falls es nicht *doch* nur ein Traum gewesen war. Ich hatte von Nahtoderfahrungen gelesen und Filme gesehen, in denen Menschen angeblich unterhalb der Decke schwebten und auf sich selbst herabblickten. Das klang ein bisschen wie eine Wildreise, abgesehen davon, dass es im Tod kein Tier gab, das einen beherbergen konnte. Vielleicht war es kälter und realer. Eine Linie auf dem Bildschirm, die flach wurde, weil das Herz aufhörte zu schlagen. Und dann nichts mehr. Gar nichts.

Aber als ich Thujas und Vallas Gespräch mitanhörte, klang es, als hätte der Tod einen Ort. »Das Tal des Staubs«. War das ein bildhafter Vergleich, zu dem Grimea gegriffen hatte, weil sie es den Lebenden anders nicht erklären konnte?

Wenn ich sie doch nur fragen könnte. Mir fiel ein, wie Arkus mit geschlossenen Augen gelesen hatte, weil es dann schneller ging und er alles besser verstand. Thuja hatte erklärt, dass manche Bücher so viel Leben und Seele enthielten, dass sie ihre Geschichten fast von selbst erzählten … wenn man genug Wildsinn hatte, um sie zu hören.

Grimea war schon viele Jahre tot. Aber ihre Worte ließen das Buch leben. Vielleicht konnte man sie ja tatsächlich fragen – so irgendwie eben? Ich versuchte, dasselbe zu tun wie Arkus. Ich sprang auf den Tisch und legte mich – Katerchens schlanken Katzenkörper – auf das offene Buch, weil es immer einfacher ging, wenn man ganz dicht dran war. Dann streckte ich meinen Wildsinn aus, nach unten, in das Buch hinein.

Was? Was willst du von mir, Katzenseele?

Ich sprang mindestens einen Meter in die Luft. Ich hatte nicht damit gerechnet, dass es tatsächlich klappen würde! Schon gar nicht so schnell.

Du bist nicht die Erste, die mich stört. Vor dir sind schon andere mit Zweifeln und Fragen gekommen, haben gebohrt und gestochert. Das, was ich geschrieben habe, muss genügen.

Ich machte einen Buckel und fauchte. Also, das galt vor allem für Katerchen. Wenn ich meine Katzenpupillen bis zum äußersten weitete, konnte ich eine … eine Art Säule aus leuchtenden Punkten erkennen, die über dem Buch schwebte. Die Punkte kreisten umeinander, und wenn man ganz genau hinsah, bildeten sie einen kleinen durchsichtigen Körper – eine Frauengestalt, die nicht mehr als 30-40 Zentimeter hoch war. Sie war ein bisschen bucklig und nach vorne gebeugt, sodass ihre langen, leuchtenden Haare hin und her schwangen, wenn sie sich bewegte. Sie hatte kurze krumme Finger – die eine Hand fest um einen Federhalter geschlossen – und auf ihrer Nasenspitze balancierte sie eine Brille ohne Bügel, die stattdessen mit einer langen Kette ausgestattet war, an der man sie um den Hals tragen konnte, wenn man sie gerade nicht brauchte. Die Frau trug ein Kleid, das sehr an das der Rabenmütter erinnerte, aber irgendwie war es … noch altmodischer.

Grimea?, fragte ich zögernd.

Wer sonst? Du hast mich doch gerufen.

Das … war wohl so, dachte ich. Auch wenn ich gar nicht richtig damit gerechnet hatte, dass jemand antworten würde.

Wohnst du in dem Buch?, fragte ich.

Ich habe mein ganzes Leben darauf verwendet, es zu schreiben, sagte sie nur. *Ich habe alles, was ich wusste, alles, was ich war, dorthinein gelegt. Und hier ist es immer noch, obwohl ich das Leben längst verlassen habe.*

Sie schwebte näher und musterte mich durch ihre Stielbrille.

Und was ist mit dir, Mädchen? Hast du noch einen lebenden Körper? Abgesehen von dem deines Katzenfreunds natürlich?

Ich verspürte einen unwiderstehlichen Drang, meine Vorderpfote zu lecken. Das war Katerchens Art zu protestieren, weil er das Gefühl hatte, dass wir über seinen Kopf hinweg sprachen.

Ich habe noch einen … einen lebendigen Menschenkörper, sagte ich und hoffte, dass es auch wirklich so war. Einzuschlafen hatte nicht zu meinem Plan gehört. Es gab Grenzen, wie lange ich wegbleiben konnte, und ich hatte nicht vorgehabt, diese kostbare Zeit mit Schlaf zu verbringen.

Dann sorge gut für ihn, sagte die Geister-Grimea. *Man vermisst ihn, wenn man keinen mehr hat.* Sie klang wehmütig, aber nicht … gierig. Sie hatte so gar nichts von Bravitas wütendem Hunger nach Leben. *Nun. Was wolltest du von mir wissen?*

Wie man einen Wiederkommer zurück in den Tod begleitet, sagte ich.

Das steht im Buch, knurrte sie gereizt. *Das steht alles im Buch.*

Schon, aber … ich hob eine Pfote. *Es ist ein bisschen schwierig, hiermit zu blättern.*

Sie seufzte wie ein Windhauch.

Ich würde nicht fragen, wenn es nicht wichtig wäre, sagte ich.

Nun denn. Aber hör gut zu, denn ich möchte heute Abend nicht noch einmal gestört werden. Ich hatte gerade angefangen, das Stichwortverzeichnis zu verbessern!

Das kannst du?, fragte ich überrascht.

Teils – teils. Was gedruckt ist, ist gedruckt. Aber manche Leser sehen mehr als das gedruckte Wort. So wie dieser höfliche kleine Junge aus deinem Hexenkreis. Er versteht es, zwischen den Zeilen zu lesen. Es ist wahrlich ein Vergnügen, von ihm gelesen zu werden.

Sie war mehr Buch als Mensch, dachte ich. Ein Buchgespenst, kein Menschengespenst, auch wenn sie sich daran erinnern konnte, wie es gewesen war, einen Körper zu besitzen und lebendig zu sein.

Wiederkommer wiederholte ich. *Wie macht man das?*

Man bildet einen Kreis um ihn, sagte sie.

Sie, verbesserte ich.

Ihn oder sie, das spielt keine Rolle. Unterbrich mich nicht. Man bildet einen Kreis um den Betreffenden. Das klingt vielleicht einfach, ist es aber nicht. Jede einzelne Wildhexe im Kreis muss ihr widerstehen können. Niemand darf nachgeben, weder durch Überredungskunst noch durch Macht. Die erste Brücke erfordert in aller Regel am meisten Kraft, denn da ist der Wiederkommer dem Leben noch so nah, dass er – oder sie, also unterbrich mich nicht – anderen Lebewesen die Energie rauben kann. Womöglich ist der Hunger nach Leben dort am größten.

Auch wenn eine Unterbrechung sie ärgern würde, ich musste trotzdem fragen:

Die erste Brücke?

Auf dem Weg ins Tal des Staubs, erklärte sie. *Sag mal, hast du denn gar nichts gelesen?*

Es war ein bisschen so, wie von unserer Mathematik-Lehrerin ermahnt zu werden, wenn man sich gerade mal nicht vorbereitet hatte, dachte ich. Aber ich war der Ansicht, dass ich diesmal eine bessere Entschuldigung hatte als sonst.

Ich bin eine Katze, sagte ich. *Da ist es gewissermaßen ein bisschen schwierig …*

Schweig. Dann hör zu. Nach der ersten Brücke kommt also das Tal des Staubs, das ist der Ort, den wir alle in unseren Träumen besuchen können. Aber wenn ihr die zweite Brücke erreicht … Sie setzte ihre Brille ab und putzte sie mit ihrem Ärmel. Sie sah nicht mehr verärgert aus. Eher ein bisschen … mitleidig. *Die zweite und letzte … dann geht es mehr um Mut als um Stärke. Der Kreis kann den Wiederkommer bis zur Mitte der Brücke bringen. Nur derjenige, der weiter geht als bis dorthin, kann nicht mehr zurückkehren. Aber einer muss sie das letzte Stück ins Totenreich begleiten. Sonst wird sie nicht hinübergehen.*

Ich schauderte so sehr, dass der ganze Katzenkörper bebte. Denn das, was sie gerade gesagt hatte, bedeutete nichts anderes als: um Blutsschwester aus der Welt zu bringen, musste einer aus dem Kreis sterben.

So. Bist du nun zufrieden? Kann ich jetzt wieder an meine Arbeit zurück?

Sie schwebte zu ihrem Buch und war schon im Begriff sich aufzulösen. Die Lichtpunkte wirbelten langsamer und sanken langsam auf die Seiten herunter.

Warte!

Was denn noch? Die Stimme war so dünn, dass ich sie kaum noch hören konnte.

Wie ist das?, fragte ich. *Ich meine, tot zu sein?*

Ich bin wohl eher der Geist des Buchs als der Geist Grimeas. Ich weiß nur das, was sie fühlte und dachte, bevor sie starb. Frag ein richtiges Gespenst, wenn du mehr wissen willst.

Und dann war sie weg. Die Seiten des Buches flatterten wild, dann schloss es sich mit einem festen Knall.

17 CODEWORT »EISENHERZ«

Ich fand sowohl Kahla als auch Arkus und Nichts schnarchend in einem der Gästehäuser des Rabenkessels. Es war eine tolle Sache, sich zu den Leuten durchzuschnüffeln, aber im Gegenzug war es mega unpraktisch, keine Türen öffnen zu können.

»Kahla!«, rief ich – das heißt, ich versuchte es. Es kam nicht mehr als ein kräftiges Miauen dabei heraus.

Aber nicht einmal Katerchens lautestes Katzenjammern reichte aus, um die anderen da drinnen zu wecken, obwohl Nichts im Schlaf irgendetwas vor sich hin murmelte.

»Gabriela, Georgina … nein, Georgina nicht. Harriet. Henrietta. Hortensia. Hortensia?«

»Nichts«!«, versuchte ich – aber es kam nur wieder Miauen dabei heraus. Nichts schnaufte leise und schlief weiter.

Verflixt noch mal. Stand vielleicht irgendwo ein Fenster offen?

Tatsächlich. Aber es war nur gekippt. Zum Glück war Katerchen immer noch sehr dünn … aber würde das ausreichen? Katerchen sprang elegant auf das Fensterbrett und wir versuchten gemeinsam, den Kopf durch den Spalt zu quetschen. Nein, so ging es nicht …

Das Fenster wurde von einem dieser kleinen Stäbe mit Löchern aufgehalten – nicht aus Metall, wie die, die ich kannte, sondern aus Holz geschnitzt. Ein kleines Stöckchen steckte wie der Dorn einer Gürtelschnalle in einem der Löcher und sorgte dafür, dass das Fenster weder aufflog noch zuschlug. Ich schob … das heißt, *wir* schoben, denn Katerchen war ja bei allem dabei … also, wir schoben eine Vorderpfote durch den Spalt und angelten nach der Lochstange. Beim vierten Versuch glückte es endlich – der Stab schnellte hoch, das Stöckchen rutsche raus und Katerchen steckte sofort seinen spitzen Kopf zwischen Fenster und Rahmen, damit wir ins Zimmer schlüpfen konnten.

Das Fenster klappte schneller wieder zu, als ich es erwartet hatte, und schwerer war es auch. Obwohl wir uns beeilten, schafften wir es nicht ganz.

»Miaaaaaaauuuuuuu!« Ich schrie vor Schmerz und Schreck, als das Fenster uns den Schwanz einklemmte. Oh Mann, das tat so weh! Schlimmer, als sich den Finger in der Tür einzuquetschen! Mit einem Ruck kam der Schwanz wieder frei, aber dem Sprung auf den Boden mangelte es an Richtung und Balance. Wir mussten uns einmal in der Luft drehen und erwischten dabei einen Metallständer mit Schüssel und Wasserkanne. Er schwankte und kippte schließlich um. Mit einem klirrenden Krachen landeten Katerchen, Kanne, Wasser und Schüssel einigermaßen gleichzeitig auf dem Boden. Das Wasser ergoss sich in einem großen Schwall und zu Katerchens großem Entsetzen traf es dabei vor allem uns selbst.

Erschrocken flatterte Nichts unbeholfen und mit einem ziemlich gänseartigen Krächzen auf, während Kahla mit einem Wildhexenkampfschrei aus dem Bett sprang, bei dem sich mir das gesamte Fell aufstellte. Arkus war der Einzige, der uns erkannte.

»Das ist nur Katerchen«, sagte er.

Kahla nahm ein Streichholz und zündete eine Öllampe an.

»Was willst du hier?«, fragte sie. »Katzen sind Nachttiere. Geh raus und … fang ein paar Mäuse oder so.«

Ich war ein bisschen vor den Kopf gestoßen, aber Kahla war noch nie besonders begeistert von Katerchen gewesen und sie konnte ja auch nicht wissen, dass sie nicht nur ihm, sondern auch mir gegenüber so unhöflich war. Ich bemerkte, dass ich mit Buckel und gesträubtem Fell dastand – Katerchen war auch nicht Kahlas größter Fan –, und dazu kam noch, dass Saga wie eine Art lebendige Kette um Kahlas Hals lag.

Entspann dich!, sagte ich zu Katerchen und konnte wenigstens die schlimmsten Strähnen wieder anlegen. *Wir müssen zusammenhalten.*

»Hortensia«, sagte Nichts. »Kahla, findest du, Hortensia würde zu mir passen?«

»Das weiß ich wirklich nicht«, sagte Kahla, gereizt und abwesend zugleich. Ich glaube, sie konnte spüren, dass Katerchen anders war als sonst. »Meinetwegen kannst du dich auch Tulpenbaum Wolfsmilch Sardelle nennen, Hauptsache du entscheidest dich!«

Was ein bisschen unfair war, denn genau das war ja Nichts' Problem …

Ich schlenderte zu Kahla und rieb mich an ihrem Bein. Ich unternahm auch einen Versuch, zu schnurren, aber da zog Katerchen die Grenze.

»Du hast ja gute Laune«, sagte Kahla misstrauisch. »Was ist los mit dir?«

ICH BIN ES. CLARA!

Ich »sagte« es, so laut ich konnte, in meinem Kopf.

»Ja, ja, du musst nicht gleich schreien –« Sie hielt inne. »Clara!

Bist du das?« Sie beugte sich nach unten und hob uns mit einer blitzartigen Bewegung hoch auf den Arm. Saga zischelte und ich fauchte unwillkürlich. Kahla hielt uns so, dass die Hinterbeine unangenehm in der Luft baumelten, und starrte uns in die Augen. »Was machst du hier?«, fragte sie. »Bist du … Wo bist du jetzt? Also, abgesehen von hier?«

In Tante Isas Haus.

Ich fing an zu erklären, wie es sich mit dem Schildhag verhielt, mit den tausend Tieren und Blutsschwester, die uns belagerte, als …

… ich plötzlich woanders war.

»Clara! Kannst du mich hören?«

Es war Oscar, der neben mir stand und mir in den Kopf brüllte. Mir, nicht dem Katerchen.

»Du musst zurückkommen«, sagte er angespannt. »Clara. Jetzt gleich! Soll ich … soll ich diese Pille benutzen, oder was?«

Das Unheimlichste daran war, dass ich das Ganze von außen betrachtete. Ich sah ihn von oben, sah mich selbst schlaff und leblos auf dem Bett liegen.

Lag es daran, dass ich im Begriff war zu sterben? War ich zu lange weg gewesen? Ich versuchte, in meinen Körper zurückzutauchen, aber es war, als wollte er mich nicht haben.

»Dein Vater ist hier«, sagte Oscar. »Das heißt … er ist auf dem Weg hierher. Er hat vom Auto aus angerufen, da war er irgendwo auf dem Waldweg, aber die Verbindung war total mies, dieses Kuppeldings beeinträchtigt die Netzabdeckung wirklich sehr und ich konnte ihn nicht warnen. Blutsschwester ist immer noch da draußen. Er rennt ihr direkt in die Arme. Clara, du musst kommen. Jetzt!«

Aber es ging einfach nicht. Es fühlte sich an, als würde das stärkste Gummiband der Welt mich mit lautem Schnalzen zurück zu Katerchen und Kahla ziehen.

»Clara?« Kahla stand immer noch da und hielt Katerchen vor ihr Gesicht. »Was ist los? Ist alles okay?«

Nein. Es ist nicht okay. Gar nichts ist okay. Wir müssen Blutsschwester aufhalten. Jetzt sofort!

Sie starrten mich alle drei an – Kahla, Arkus und Nichts.

Und es war Nichts, die kleine, sorgenvolle und ängstliche Nichts, die einfach sagte:

»Sag uns, was wir tun sollen.«

Wir hatten keine Zeit für lange Erklärungen von wegen erste und zweite Brücke, Tal des Staubs und alles. Sie mussten mir einfach vertrauen.

Wir brauchen einen Hexenkreis, sagte ich. *Wir müssen alle zusammen dort sein. Ihr müsst jetzt sofort zu Tante Isas Haus kommen. Wenn wir einen Kreis um sie bilden und ihr nicht nachgeben, dann … dann können wir sie besiegen.*

Im selben Moment verspürte ich wieder einen Ruck, dieses Mal in die entgegengesetzte Richtung. Ich wurde gleichzeitig nach innen, nach unten und nach außen gewirbelt, und als ich spürte, dass mein Herz wie ein Presslufthammer raste, war es *mein* Herz, das Clara-Herz. Ich nahm den säuerlich-mehligen Geschmack der Domum-Pille unter der Zunge wahr, und als ich die Augen aufschlug, starrte ich in Oscars besorgtes Sommersprossen-Gesicht.

»Bist du das?«, fragte er. »Clara – du bist es doch, oder nicht?«

Das Codewort. Verflixt, was hatte er sich noch gleich ausgedacht? Irgendwas mit … ach ja.

»Löwenherz«, murmelte ich. »Eisenherz …«

Ich konnte geradezu hören, wie die Erleichterung mit einer großen Portion Luft aus ihm herausströmte.

»Du hast dich daran erinnert.«

»Ja. Mach mich los.«

Er löste die Schnallen und ich setzte mich auf. Mir war schwindelig und mein Mund war ganz trocken, mein Herz raste immer noch und meine Haut fühlte sich glühend heiß an. Diese Domum-Pille war echt nichts für Kinder.

»Wo ist mein Vater?«

»Ich weiß es nicht, also nicht genau. Deine Mutter sagte, sie hätte Licht zwischen den Bäumen gesehen. Autoscheinwerfer. Und ich konnte Motorengeräusche hören, als er anrief, aber er konnte mich nicht hören.«

Ich sprang aus dem Bett und stürmte mit Oscar auf den Fersen die Treppe hinunter. Meine Beine fühlten sich noch wackelig an, aber darum konnte ich mich jetzt nicht kümmern. In der Stube lag Lia auf dem Sofa, die Harfe im Arm wie ein Kuscheltier. Sie schlief. Ich hastete an ihr vorbei, ohne sie zu wecken. Draußen war es dunkel, sternenklar, aber Wolkenfetzen verschleierten den Mond und ich war nicht mehr länger ein Nachttier, das die Dunkelheit mit seinen Pupillen erhellen konnte. Ich stolperte über den Hof, ohne zu sehen, wohin ich trat.

Autoscheinwerfer. Blutsschwester würde sie genauso sehen und wissen, dass jemand unterwegs war.

Mir fiel wieder ein, dass der Minibus immer noch mitten auf dem Waldweg stand. An dem würde er mit dem Auto nicht vorbeikommen. Würde er dort einfach stehen bleiben oder würde er beschließen, dass er den Rest des Wegs genauso gut zu Fuß gehen konnte?

Letzteres. Es sei denn, er war noch sehr geschwächt, aber dann hätte das Krankenhaus ihn doch wohl kaum entlassen?

Iljas Egel kannten ihn. Sie hatten sein Blut gestohlen, um damit Bravita zu befreien. Was hatte sie noch gleich gesagt? *Blut aus dem Norden, das Blut der Sippe, die sich nicht erinnert, die aber dennoch …* Was hatte das eigentlich zu bedeuten? Die sich nicht erinnert? Sippe, damit war bestimmt gemeint, dass er mit mir verwandt war. Aber woran erinnerte er sich nicht? Und würde es diese Sache mit dem Blut den Egeln und damit Bravita leichter machen, ihn zu finden?

Ich fing an zu rennen. Ich musste sie alleine oder mit Oscars Hilfe aufhalten, wenigstens so lange, bis die anderen hier waren.

»Komm«, japste ich zu Oscar.

Tu-Tu strich auf lautlosen gespensterweißen Flügeln an uns vorbei. Ich nahm die anderen Nachttiere wahr – die Dachse und Mäuse, die Füchse – aber auch die Tiere, die für gewöhnlich nachts schliefen. Die Luft um mich herum war voll von summenden Käferflügeln und kleinen Vögeln, die hektisch hin und her flatterten. Sie waren alarmiert, aber ich hatte keine Zeit, sie zu beruhigen.

»Lass uns raus!«, rief ich dem Schildhag zu, als wäre er ein schlecht gelaunter Wachposten, der keine Lust hatte, die Schranke zu öffnen. Ich rannte über die Brücke und abgesehen von einer Veränderung in der Luft, ungefähr so wie das Wärmegebläse in der Eingangstür eines Kaufhauses, merkte ich keinen Widerstand.

Ich konnte weder Ilja noch Blutsschwester sehen. Das war auch kein Wunder. Ich konnte ja insgesamt nicht besonders viel sehen und es gab auch keine Garantie, dass Bravita immer noch in ihrem Egelkörper steckte. In dem Moment wurde mir klar, dass ich keine Ahnung hatte, wie sie im Augenblick aussah. Aber jetzt war das erst mal alles egal, ich musste einfach meinen Vater finden.

Mein Herz pumpte Dank der Domum-Pille immer noch wie wild, ich fühlte mich hellwach und alle meine Sinne waren superscharf.

Im Gegenzug war es nicht sonderlich angenehm zu rennen, weil mein beschleunigtes Herz davon noch schneller schlug, und mein Mund war so schrecklich trocken. Trotzdem lief ich, so schnell ich nur konnte, mehr oder weniger blind, nur geleitet von der klaren Wahrnehmung, dass mein Vater da *war*, als hätte ich eine Kompassnadel, die in seine Richtung zeigte.

Oscar rannte neben mir her. Ich nehme an, er hätte mich problemlos überholen können, aber er tat es nicht. Es war sicher auch das Beste, wenn wir zusammenblieben.

Vor uns sah ich den Lichtkegel der Scheinwerfer. Ganz egal ob mein Vater ausgestiegen war oder nicht, er hatte das Licht angelassen und jetzt konnte ich auch gedämpftes Motorengeräusch hören.

Dann sah ich ihn. Er kam uns im Scheinwerferlicht entgegen und hatte mich offenbar auch schon entdeckt.

»Clara«, sagte er. »Komm her.«

»Papa«, japste ich atemlos. »Pass auf. Hier ist irgendwo ein Wiederkommer … eine Art Hexe … geh zurück ins Auto und fahr weg. Sofort!«

»Aber doch nicht ohne dich«, sagte er und lief weiter auf mich zu. »Komm nur her zu mir …«

Und genau das war der Augenblick, in dem meine Papa-Kompassnadel anfing, sich verwirrt im Kreis zu drehen.

Oscar packte meinen Arm.

»Warte«, zischte er. »Das … das ist er nicht.«

18 DIE SICH NICHT ERINNERN

Nun komm schon her«, sagte Papa-der-nicht-Papa-war. Und ich begriff, was geschehen war.

»Lass ihn los«, bat ich. »Bravita, lass ihn gehen. Du … du kannst mich an seiner Stelle haben.« Ich hatte nicht vor, mich kampflos zu ergeben, aber ich hoffte, dass sie es nicht merkte.

Sie lächelte mit den Lippen meines Vaters, mit den Augen meines Vaters. Es war schrecklich anzusehen, denn dieses Lächeln gehörte nicht ihm.

»Die schönste Rache, die man sich vorstellen kann«, sagte sie mit der Stimme meines Vaters und doch wieder nicht. »Viridians Blut. Viridians Sippe. Die vollkommen vergessen hat, woher sie kommt.«

»Ich bin Viridians Blut«, sagte ich. »Nicht er. Komm und hol mich – wenn du kannst.«

Sie lachte gedämpft.

»Danke, mir geht es hier ausgezeichnet. Und du irrst dich. Ihr seid es beide, du *und* er. Oder dachtest du vielleicht, Viridian hätte aufgrund der jämmerlichen Wildhexenkünste deiner Mutter beschlossen, deine Lehrmeisterin zu sein? Sie muss sehr verzweifelt gewesen sein. Nur noch ein oder zwei Katzenleben übrig und was muss sie da versuchen auszubilden? Ein kleines Mädchen, das nicht mal ahnt, was eine Wildhexe ist, und sich fast in die Hose macht, weil ihr ein Miezekätzchen die Stirn zerkratzt.«

Tante Isa war meine Lehrmeisterin, nicht Viridian … ich meine, ich wusste natürlich, dass Bravitas alte Erzfeindin in meinem Kater überlebt hatte. Aber sie hatte mich doch nicht … Oder doch? … Ich hatte die Übungen, die Tante Isa mir aufgegeben hatte, nie besonders gut hinbekommen. In Wahrheit hatte Kater mir beigebracht zu kämpfen, anstatt zu fliehen. Und er war es auch gewesen, der mir gezeigt hatte, wie das ging – meistens indem er mich ins kalte Wasser warf, um zu sehen, ob ich schwimmen konnte. Er hatte mich immer gerettet, wenn ich kurz vor dem Ertrinken war, aber niemals früher. Dass ich überhaupt eine Wildhexe *war*, hatte ich nur ihm zu verdanken.

Die sich nicht erinnern, aber sind.

Das hatte Blutsschwester gemeint … ich gehörte durch meinen Vater zu Viridians Sippe. Durch meinen Vater, der nicht einmal ahnte, dass Viridian je existiert hatte … weil alle sie vergessen hatten.

Mein Vater. Das war vollkommen absurd. Mein netter und gewöhnlicher Vater …

»Du lügst«, sagte ich.

Das brachte sie nur dazu, noch lauter zu lachen, mit dieser unheimlichen Mischung aus Papas Stimme und Blutsschwester-Hohn.

»Blind und unwissend bis zuletzt«, sagte sie. »Hach, ist das schön.«

Sie versuchte nicht, mich zu überzeugen, und vermutlich merkte ich deshalb plötzlich, wie ich anfing, ihr zu glauben.

»Arme Viridian«, sagte sie, ohne auch nur den Anflug von Mitgefühl in der Stimme. »Das Vergessen presste alles, was an

Hexenkraft übrig war, aus ihrem Geschlecht. Und als endlich ein Kind kommt, das ein klein wenig frisches Wildhexenblut in sich trägt – gerade nur genug, um ein winziges Loch in den Rest des Fluchs zu piken – da bist es ausgerechnet *du.*«

In diesem letzten höhnischen Wort klang so viel Verachtung mit, dass ich mich automatisch krümmte.

Oscar hatte sich neben mir aufgestellt.

»Du hast ja keine Ahnung, was Clara alles kann«, sagte er. »Wie stark sie ist, wenn es nötig ist. Wie mutig sie ist, wenn sie jemanden verteidigen muss.«

Es war lieb von ihm, das zu sagen, und es tat mir gut, das zu hören. Obwohl ich wusste, dass ich mich von ihren Worten nicht beindrucken lassen *durfte*, musste ich kämpfen, um nicht ... kleiner und kleiner zu werden. Und als ich in dieses Gesicht blickte, das Gesicht meines Vaters und zugleich Bravitas ... wurde mir ganz schlecht und eine kalte, hoffnungslose Angst breitete sich in meinem Bauch aus. Wie sollte ich gegen ... gegen jemanden kämpfen, der im Körper meines Vaters steckte? Ich konnte ihm nicht wehtun. Sie hatte sich den wirksamsten Schutzschild der Welt ausgesucht. Dort war sie in größerer Sicherheit, als wir es unter der regenbogenfarbenen Kuppel des Schildhags je gewesen waren. Das war alles schön und gut, diese Sache mit »einen Kreis um sie schließen« und sie in den Tod begleiten, aber wo war mein Kreis? Und was, wenn sie nun meinen Vater mitnahm?

Da ... tat sie irgendetwas. Streckte sich nach Oscar aus, aber nicht mit einem Arm oder der Hand. Ein Ruck ging durch seinen Körper und er brüllte vor Schmerz.

»Stopp!«, schrie ich. »Lass ihn in Ruhe!«

»Und wenn nicht – was dann?«, fragte sie. »Was willst du dann tun? Mich schlagen? Mich bitten, **ABZUHAUEN**? Dann nehme ich deinen Vater mit. Und ihn hier vielleicht auch.« Sie zeigte auf Oscar und erneut stieß er ein schmerzerfülltes Stöhnen aus.

Ich hatte keine Ahnung, was ich tun sollte. Sie hatte ja recht. Mit **HAU AB** konnte ich sie nicht verjagen. Ich konnte ihr nichts anhaben. Alles, was ich gegen sie unternehmen konnte, würde gleichzeitig meinen Vater treffen.

Aber es gab jemanden, der nicht solche Hemmungen hatte. Ein winzig kleiner Schatten flitzte über den Boden, kletterte am Hosenbein meines Vaters hoch und sprang mit einem Satz auf die Hand, die auf Oscar zeigte.

»Was …?« Mehr konnte Blutsschwester nicht sagen, da hatte Eisenherz seine kleinen scharfen Nagezähnchen schon in ihren Finger geschlagen.

»Au!« Sie schüttelte die Hand, aber Eisenherz hatte sich gründlich festgebissen. Erst als sie ihre Hand so heftig schüttelte, wie sie konnte, verlor er den Halt und flog durch die Luft wie ein flauschiger grauer Tennisball.

»Eisenherz …!« Oscar riss sich selbst aus Bravitas Schmerzensgriff und rannte zu seinem Wildfreund, um nachzusehen, ob er verletzt war. Und ich dachte: Wenn der mausekleine Eisenherz das kann, dann kann ich es auch. Ich schloss für einen Moment die Augen, um meinen Wildsinn besser nutzen zu können.

Kater, bat ich stumm. Wenn du immer noch da bist – irgendwo auf dieser Welt, und mich auf irgendeine Art und Weise hören kannst –, dann hilf mir jetzt. Zum allerletzten Mal, das verspreche ich dir.

Ich lauschte, aber niemand antwortete. Ich konnte Katerchen spüren, wie einen kleinen Stich von Eifersucht, weil ich nicht nach ihm gerufen hatte. Aber sonst – nichts.

Mit dem kleinen Unterschied, dass ich plötzlich keine Angst mehr hatte.

Ich war angespannt und kampfbereit, aber nicht mehr panisch.

Du kannst das, flüsterte ich mir selbst zu. Sie ist nicht besser als du. Und vielleicht auch nicht stärker.

Als ich Blutsschwester mit dem Wildsinn betrachtete, sah sie meinem Vater überhaupt nicht mehr ähnlich. Ich konnte sehen, wo die Grenze verlief. Konnte sehen, dass er noch irgendwo dort drinnen war, ein kleiner, fester Papa-Kern inmitten des ganzen Blutsschwester-Geschwabbels.

Katerchen war jetzt näher. Deutlicher und näher. Mein Hexenkreis war unterwegs. Ich öffnete die Augen und musterte die Gestalt, die meinem Vater ähnelte, aber mehr auch nicht. Ich achtete vor allem auf den höhnischen Zug um seinen Mund, der nicht zu ihm passte. Auf die Gier, die seine Hände dazu brachte, sich zu ballen, als wollten sie sich Kräfte und Leben aus der blauen Luft greifen. Auf all das, was genau das Gegenteil von ihm war.

»Erinnerst du dich an das Totenreich? Erinnerst du dich an das Tal des Staubs?«, fragte ich. »Komm, Bravita. Es ist Zeit für dich zurückzukehren. Und zwar … ohne meinen Vater!«

19 DER FEUERKREIS

Sie glaubte, sie hätte mich. Ich konnte es an dem siegessicheren Funkeln in ihren Augen erkennen, die niemals genauso aussehen würden wie die meines Vaters. Wieder betrachtete ich sie mit dem Wildsinn. Sie streckte mir ihre Arme entgegen, die nicht wirklich Arme waren – und schon gar nicht die meines Vaters. Sie hatte immer noch etwas Egelartiges, Unzusammenhängendes an sich, etwas, das unter der Oberfläche blubberte und kämpfte.

Etwas Bonbonfarbenes.

Ich hatte meinen Vater noch nie mit Wildhexenaugen gesehen, aber ich war mir ziemlich sicher, dass er nicht *so* aussah. Blutsschwester hatte sich auch Ilja geholt.

Ich konnte weder sehen noch spüren, wann es passiert war – ich wusste nicht, ob die durchgedreht-bis-völlig-wahnsinnige Egelhexe, die so rastlos umhergewandert war und nach ihrem kleinen Mädchen gerufen hatte, vielleicht schon Blutsschwester gewesen war, die versuchte, uns zu einer Dummheit zu verführen.

Aber eine Sache war klar: Als der Hunger zu groß wurde und es nichts anderes gab, auf das sie sich hätte stürzen können, da zerschlug sie den Selbstschutz der alten Hexe und fraß sie mit Haut und Haar.

»Komm«, sagte ich. »Ich werde dich führen.«

»Du? Mich führen?« Ich konnte ihre Verachtung sehen und spüren. »Ein kleines Mädchen und ihre räudige Katze führen mich nirgendwohin.«

»Kann sein«, sagte Kahla mit ihrer kältesten, schlangengefährlichsten Stimme. »Deshalb ist sie auch nicht alleine.«

Ich öffnete die Augen, weil ich die anderen sehen musste. Katerchen schoss aus der Dunkelheit wie eine Wärme suchende Katzenrakete und ich schaffte es gerade noch, ihn festzuhalten. Er presste sich so fest an mich, dass es sich anfühlte, als wollte *er* dieses Mal den Körper wechseln. Oscar hatte Eisenherz wiedergefunden, der auf seinem Kopf thronte und Bravita kriegerisch ansah. Arkus hatte auf der einen Schulter Erya und auf der anderen Schulter Nichts sitzen und wirkte dadurch einen ganzen Kopf größer als sonst.

Wir hatten sie umringt, bevor sie die Überraschung verwunden hatte. Ihr Anblick musste vor allem für Oscar, der meinen Vater gut kannte, seltsam sein, aber er ließ sich nichts anmerken. Er hatte ihre höhnischen Worte gehört und ihm war deutlich anzusehen, dass er ganz genau wusste, dass da nicht mein Vater vor uns stand. Sie konnte ihn nicht täuschen.

Bravitas Blick wanderte von einem zum anderen. Dann breitete sich ein Lächeln auf ihrem Gesicht aus.

»Was für eine Schar. Die Schlangenbrut, ein Baby, der Mäusefreund, eine Missgeburt – und ein dreizehnjähriges Mädchen, das keine Ahnung hat, wer sie eigentlich ist. Na, das wird ein Kampf ...«

Vor gar nicht langer Zeit hätten diese Worte genügt, um mich zusammenzukrümmen wie ein Blatt Papier, das ins Feuer geworfen wird. Ich hätte ihr mehr geglaubt als mir selbst. Jetzt geschah stattdessen genau das Gegenteil. Irgendetwas tief in meinem Inneren rutschte an seinen Platz, wie eine Schulter, die ausgekugelt war und jetzt wieder dort saß, wo sie hingehörte. Ja, das hier war mein Hexenkreis. Und zusammen waren wir stärker, als es jeder von uns für sich genommen je werden konnte. Bravitas Spott war mir egal, und es war mir egal, dass andere Wildhexen uns vermutlich für einen sehr wunderlichen Kreis halten würden. Kahla kämpfte, um nicht so zu werden wie ihre Mutter, Arkus war immer noch ein Kind, Oscar war eigentlich nicht mal eine Wildhexe und konnte nur deshalb ein Teil des Kreises sein, weil wir vor Jahren Blutsbrüderschaft geschlossen hatten, Nichts war von einer Wildhexe erschaffen worden, war aber selbst kein ganzer Mensch, und ich hatte bis vor einem Jahr keine Ahnung, dass ich eine Wildhexe bin. Damals wusste ich ja noch nicht einmal, dass Wildhexen existierten.

Das alles war egal. Wir waren gemeinsam durch das Labyrinth gegangen. Und zusammen verfügten wir über jede Menge Mut und Stärke – sie konnte also ruhig kommen, die Blutsschwester.

Kahla hob die Hände und sang den ersten Ton. Ich konnte sehen, wie etwas von einer Hand zur anderen sprang, wie ein Funke zwischen zwei Polen. Arkus tat es Kahla gleich; seine Stimme war so hell und klar, dass sie hervorragend in einen Knabenchor gepasst hätte. Nichts flatterte von seiner Schulter und stützte sich auf ihre Schwanzfedern, damit sie die Fingerfüße vorstrecken konnte. Das Ganze war ein bisschen wackelig, sowohl ihre Fingerfüße als auch ihr Wildgesang, aber ihr Gesicht strahlte vor Entschlossenheit und Willenskraft. Oscar sah für einen Moment ratlos aus, denn abgesehen von der Hilfe, die er mir geleistet hatte, als ich versuchte, mich an irgendeine Form von Wildgesangsmagie heranzurappen, hatte er noch nie zuvor etwas Vergleichbares getan. Seine Pose erinnerte mich ein bisschen an einen Rollenspiel-Magier – die Arme ausgestreckt, die eine Hand ein kleines Stück vor der anderen. Zögernd stimmte er mit einem ziemlich zufälligen Ton ein. Zwischen *seinen* Händen sprangen die Funken nicht so richtig hin und her, aber trotzdem tat sich … etwas. Er spürte es und ein Strahlen breitete sich auf seinem Gesicht aus. Eisenherz richtete sich auf und hielt sich die Vorderpfoten vor die Brust, sodass es aussah, als würde er klatschen.

Dann fehlte nur noch ich.

Wenn Oscar das kann …

Ich habe bestimmt schon mal erwähnt, dass ich ungefähr so gut singen kann wie ein Frosch mit Halsentzündung. Aber hier ging es nicht um Schönheit. Hier ging es um Mut, Willen und Kraft. Löwenherzkraft. Blutsschwester durfte ihnen auf keinen Fall etwas antun – keinem von ihnen; weder meinem Hexenkreis, meiner Mutter oder meinem Vater noch unseren Wildfreunden oder den anderen tausend Tieren. Nicht solange ich etwas tun konnte, um sie aufzuhalten.

Löwenherzkraft, wiederholte ich für mich selbst.

Und dann sang ich.

Hoch. Durchdringend. Wild. Und nicht mal sonderlich falsch …

ZIZZHHSZSSISIIITRZZYTRTRRSTT …

Ein sprudelndes, knisterndes elektrisches Gefühl strömte durch mich hindurch. Und nicht nur durch mich. Mein Leben war mit dem der anderen verbunden, meine Kräfte vereinten sich mit ihren und zwischen uns tauchte, wie aus dem Nichts, ein Ring aus Leben, blitzendem Feuer und Kraft auf. Funken stoben zu allen Seiten, als klammerten wir uns an einen Ring aus Schweißbrennerflammen, und ich sah, wie sich die Glut in den Gesichtern und den glänzenden Augen der anderen widerspiegelte.

Blutsschwester stieß einen zornigen Schrei aus. Sie wuchs plötzlich auf die anderthalbfache Größe an. Ein kleiner Rest des Gesichts meines Vaters und seiner Gestalt war immer noch übrig, aber Iljas Züge traten nach und nach deutlicher hervor, man konnte die Egel und viele andere Tiere erkennen, einen Funken des Stiers, einen Funken des Mädchens Kimmie, die später zu Chimära geworden war, immer mehr Menschen und Tiere, die Bravita verschlungen hatte, blitzten auf. Ich sah sogar für einen Moment mein eigenes Gesicht, weil sie dank des elenden Geiers und ihrer Egel auch mein Blut und mein Fleisch in sich trug.

Sie griff zuerst denjenigen an, den sie für das schwächste Glied hielt – sie stürzte sich auf Nichts.

»Haltetfeeeeeest!«, brüllte – oder besser gesagt, sang – ich, denn mir war sofort klar, dass wir weder loslassen noch den Wildgesang verklingen lassen durften.

Es ging ein Ruck durch den ganzen Kreis, als Blutsschwesters Attacke Nichts traf. Es tat weh – wie eine Fleischwunde – und trotzdem war der Schmerz noch das geringste Übel. *Missgeburt. Nutzlose, namenlose Missgeburt. Hätte nie geboren werden dürfen, sollte schnellstmöglich getötet werden.* Verachtung und Selbsthass schwappten über uns herein und Nichts' Wildgesang schrumpfte zu einem kläglich piepsenden Wimmern. Ihre Fußfinger zuckten, als würde sie sich an einer schlecht isolierten Leitung festhalten. *Lass los. Was bringt es dir, festzuhalten? Hier gibt es niemanden, der wirklich etwas auf dich hält. Die da, die behauptet, sie wäre deine Freundin … sie hat dich im Stall bei den anderen Tieren versteckt, als ihr Vater zu Besuch kam. Alle saßen zusammen und stopften sich mit Geburtstagskuchen voll, während sie dich in die Dunkelheit gesteckt hatten, damit niemand sehen musste, wie hässlich du bist. Weißt du nicht mehr?*

»Piiiiep …«, tönte es von Nichts und man konnte *sehen*, wie sich alles in ihr zusammenzog. Mir tat es doppelt weh, weil ich nicht nur spüren konnte, wie schrecklich sie sich fühlte, sondern zugleich wusste, dass Nichts' dunkelste Erinnerung, die Bravita hatte finden können, weder ihre Zeit in Chimäras Käfig war noch der Augenblick, als sie in der Höhle fast gestorben wäre, oder eine der Gefahren und Prüfungen, die wir gemeinsam durchgestanden hatten – nein, das Schlimmste war der Augenblick, als ich sie im Stich gelassen hatte. Als sie aufhörte, daran zu glauben, dass ich ihre Freundin war. Ich versuchte, sie mit dem Wildsinn zu erreichen, versuchte, ihr zu zeigen, dass ich sie lieb hatte, dass ich stolz auf sie war und dass sich daran *nie* etwas ändern würde. Aber Bravitas Verachtung stand wie eine Eismauer zwischen uns.

Und dann das Baby, das von zu Hause weggelaufen ist. Seine Mutter und seine Geschwister im Stich gelassen hat. Du hattest Glück, dass dich ein blindes altes Weib nützlich fand, weil du ihr vorlesen konntest, denn sonst hättest du gar kein Zuhause mehr gehabt. Glaubst du wirklich, die ach-so-nette-Clara hält dich für würdig genug, der Wildfreund von einem der beiden letzten Raben zu sein? So schnell es ging, hat sie dich in den Rabenkessel zurückgeschickt. Und es wird bestimmt nicht lange dauern, bis die Rabenmütter dir beide Küken abnehmen werden, weil sie finden, dass diese Krähen so viel wichtiger sind als du.

Nein, rief ich stumm. Ich habe das nur getan, um dich zu beschützen! Niemand könnte ein besserer Wildfreund für Erya sein als du!

Sie richtete den Blick auf Kahla, aber Kahla kam ihr zuvor.

»Du musst gar nichts sagen«, sagte und sang sie zugleich. »Ich weiß es selbst. Ich bin meiner Mutter viel zu ähnlich. Ich bin egoistisch, stolz und gierig. Ich nehme meine Kräfte viel zu wichtig und setze sie viel zu oft falsch ein.«

Die Blutsschwester zögerte einen Augenblick. Dann ignorierte sie Kahla und starrte stattdessen Oscar an.

Die Schlangenbrut ist wenigstens eine richtige Wildhexe, »sagte« sie. *Für den Mäusejungen sieht es da schon schlechter aus. Du gehörst überhaupt nicht hierher. Nicht ein Tropfen Wildhexenblut fließt in deinen Adern. Du rennst nur dieser Memme von Mädchen hinterher, die sich schon in die Hose pinkelt, wenn man nur »Buh« macht. Du denkst, es ist so wie in den Geschichten. Du denkst, du kannst den großen Helden spielen. Bildest du dir wirklich ein, dass du auf diese Weise irgendwann mehr sein darfst als nur ihr Taschenträger?*

Ich wurde so wütend in Oscars Namen und auch in Kahlas. Sie war keine Memme, sie war viel stärker als ich und –

Bist du es nicht langsam leid, dir immer wieder anhören zu müssen, wie sie dich abweist und der ganzen Welt erzählt, dass du ihr nichts bedeutest? »Das hier ist mein Freund Oscar und wir sind kein Liebespaar.« Klingt das vertraut? Du hast es schon hundertmal gehört.

Ich sah, wie Oscars Hand zuckte und rutschte und den Halt verlor. Sein Kopf war feuerrot angelaufen, das konnte man sogar in dem knisternden, fahlen Licht des Lebenskreises erkennen. Es tat mir schrecklich leid, dass es ihm so wehtat, meiner Meinung nach hatte Kahla ihn auch gar nicht abgewiesen –

Er sah zu mir.

Sein verletzter, schamvoller Blick traf mich wie ein Blitz. *Ich* war es, die Bravitas höhnische Worte nicht hätte hören sollen.

Vor *mir* wollte er verbergen, was sie eben offengelegt hatte, damit alle es sehen konnten.

Wenn man doch nur auf der Stelle tot umfallen könnte. Oder wenigstens verschwinden. Denn es stimmte ja. Jedes Mal wenn irgendjemand eine Andeutung gemacht hatte, hatte ich genau *das* gesagt. Wieder und wieder. Wir sind kein Liebespaar! Ich wollte nicht, dass ihn jemand damit ärgerte. Ich fand es auch nicht toll, wenn andere sich über uns lustig machten, aber für einen Jungen ist so etwas viel peinlicher. Ich war immer so damit beschäftigt gewesen, die blöden Sprüche abzuwehren, dass mir gar nicht in den Sinn gekommen war, dass sich etwas geändert haben könnte, seit wir nicht mehr zwei Jahre alt waren und Eimer und Schaufel teilten. Ich hatte überhaupt nicht bemerkt, dass es schon sehr lange her war, dass ich *ihn* hatte sagen hören, dass wir »nur« Freunde waren.

Aber das kannst du dir ja selbst ausrechnen, schnarrte Bravitas lautlose Stimme. *Was soll sie auch mit einem kleinen Jungen, der ihr nicht in die Wilde Welt folgen kann? Du bist keine Wildhexe. Und dein sogenannter Wildfreund ist nichts anderes als ein jämmerlicher kleiner Nager, den ich mit einem Wink meines kleinen Fingers umbringen könnte.*

Oscar hob den Blick. Sein Kopf war immer noch rot und seine Schultern bebten. Aber seine Augen waren zusammengekniffen und trotzig.

»Dann tu es doch!«, brüllte er, ohne zu versuchen, irgendeine Form von Wildgesang hineinzulegen. »Erschlag ihn doch, wenn du kannst. Aber vorher musst du mich umbringen! Und das kannst du nicht – nicht wahr?« Er sah sich im Kreis um. »Sie kann uns nichts tun«, sagte er so ruhig, dass es klang, als würde er über das Wetter oder eine Fernsehsendung reden. »Solange wir nicht loslassen, solange der Kreis nicht gebrochen wird – so lange kann sie uns mit Worten und Magie treffen, sie kann dafür sorgen, dass es sich warm oder kalt, tot oder schmerzhaft anfühlt. Aber das alles ist nur eine Illusion. Sie versucht uns dazu zu bringen, an uns selbst und den anderen zu zweifeln, und ganz besonders an Clara. Aber nur wenn wir darauf reinfallen, nur wenn wir loslassen, kann sie uns erreichen. Solange der Kreis geschlossen und stark ist, kann sie uns nichts anhaben!«

Nichts schüttelte ihr Gefieder und fand zu ihrer Entschlossenheit zurück. Auch Arkus streckte den Rücken.

»Clara«, sagte Oscar. »Wohin sollten wir sie noch gleich führen?«

Ich konnte den Schmerz in seinen Augen immer noch sehen. Ich wünschte, mir wäre etwas eingefallen, das ihm helfen könnte, aber ich wusste nicht, was ich sagen oder fühlen sollte. Er war mein Freund Oscar, und als diesen Freund liebte ich ihn über alles auf der Welt. Ich hatte mich gerade erst damit abgefunden, dass er sich wohl in Kahla verknallt hatte. Ich war ganz einfach nie auf den Gedanken gekommen, dass er vielleicht lieber mit *mir* zusammen sein wollte.

Liebte ich ihn so wie in »Clara liebt Oscar«? Ich hatte absolut keine Ahnung.

In diesem Augenblick hörte ich Schritte hinter mir.

»Mama?«

Es war Lia. Ich drehte mich zu ihr um und der Funken zwischen meinen Händen flackerte.

Lia. Sie starrte Blutsschwester an, die meinem Vater plötzlich überhaupt nicht mehr ähnlich sah, sondern nur noch ... der Egelhexe Ilja, die ihre Tochter flehend anschaute.

»Lia«, summte sie mit Mutterliebe und Wildgesang zugleich in der Stimme. »Du bist zurückgekommen!«

Lia hatte keine Augen für irgendetwas anderes.

»Mama, es ... es tut mir so leid. Ich wusste nicht, dass du denken würdest ... Mama, ich war nicht tot. Ich wollte nur ... mein eigenes Leben finden.«

»Das verstehe ich«, summte »Ilja« und breitete die Arme aus.

»Nein«, sagte ich und ließ den Ring mit einer Hand los, um Lia aufzuhalten – aber es war zu spät. Sie machte einen Schritt in die Feuerlinie, als hätte sie sie gar nicht gesehen. Genau zwischen Oscar und mir. Das Feuer flackerte auf und erlosch.

Auf diesen Moment hatte Blutsschwester gewartet.

Mit einem triumphierenden Wildgesangsschrei raste sie auf Lia zu.

Lia schrie. Chaotische Wildgesangskräfte schleuderten sie meterhoch in die Luft, als wäre sie von einem Auto gerammt worden. Kopf, Arme und Beine schlenkerten hin und her wie die einer Stoffpuppe. Der Schrei verstummte abrupt und gruselig schlaff schlug sie auf dem Boden auf.

Der Kreis war gebrochen und Bravita war frei.

Mag sein, dass Oscar recht gehabt hatte und sie uns vorher nichts anhaben konnte, aber jetzt konnte sie das sehr wohl. Sie schleuderte einen Fangarm aus Wildhexenkraft nach Oscar und Eisenherz aus und ich wusste: Wenn er die beiden traf, dann war es um den kleinen Eisenherz geschehen und bestimmt auch um Oscar. Wie ein Bodyguard, der einen Filmstar beschützen muss, warf ich mich dazwischen und Bravitas Kraftkeil traf mich mitten in der Brust.

Mein Herz blieb stehen.

Ich konnte mich nicht mehr rühren. Ich stand immer noch auf beiden Beinen, aber nur, weil ich nicht einmal mehr die Kraft hatte zu fallen. Ihre hungrige, gierige Wildkraft schoss durch mich hindurch und verbrannte alles, was ihr auf ihrem Weg begegnete. Meine Blutgefäße brannten. Meine Nervenenden flammten auf und verschmorten. Meine Muskeln verkrampften sich zitternd in eine endlose, quälende Lähmung.

Um mich herum wurde es seltsam still und langsam. Ich konnte noch sehen, aber nicht mehr hören, zumindest nichts, was über den knisternden, kaminfeuerartigen Lärm in meinen Ohren hinausging. Irgendetwas roch verbrannt, wie Fleisch, das zu lange auf dem Grill gelegen hatte, und ich fürchtete, dass ich das selbst war.

Ich sah, wie Oscars Mund einen Schrei formte, sah, wie Nichts in einer Wolke aus losen Federn mit den Flügeln ruderte und sich im Sturzflug auf Blutsschwester stürzte, ein aussichtsloser, tödlicher Angriff.

Ich wollte nicht, dass sie sich opferten. Ich wollte nicht, dass noch mehr starben.

Ich musste die Hand nicht nach Bravita austrecken, denn sie war schon auf dem Weg zu mir. Mein zerstörter, brennender Körper würde ihr kaum mehr von Nutzen sein, dachte ich. Auch nicht als Nahrung. In mir war ja nicht einmal mehr genug Leben, um eine Mücke satt zu machen. Entweder trieb die reine Rachsucht sie auf mich zu oder aber es war doch noch ein wenig Kraft in mir, die sie stehlen konnte?

Falls es so war, dann wusste ich, was ich zu tun hatte.

Kommt her, sang ich stumm und nahm sie und die anderen mit. Die Nebel der Wilden Wege schlossen sich um uns, sie wirbelten herum wie Wolkenfetzen in einer Windhose und rissen uns mit. Es dauerte nur wenige Sekunden, aber als der Tornado uns wieder ausspuckte, waren wir weit weg von Tante Isas Haus, weit weg von der Welt der Lebenden.

Der Schmerz hörte schlagartig auf. In meiner Brust war es still, denn mein Herz schlug nicht mehr, aber ich konnte mich wieder bewegen. Ich sah mich um und wusste sofort, wo ich war – wo wir alle waren.

Wir hatten die erste Brücke überquert und standen nun im Tal des Staubs.

20 DAS TAL DES STAUBS

Das Tal war ein trockener, kalter Ort. Hier konnte nichts wachsen und nichts lange überleben. Es gab keine Sonne, keinen Regen. Kalte Sterne leuchteten über uns, aber es waren Sterne, die keine Hoffnung schenkten. Jede noch so kleine Bewegung wirbelte grauen Staub auf, der sich über Kleider, Haut, Nase und Mund legte.

»Ist das der Ort, an den man kommt, wenn man tot ist?«, flüsterte Nichts und hustete vorsichtig.

»Nein«, sagte ich. »Das hier ist nur das Tal des Staubs. Hier können sich auch die Lebenden aufhalten, wenn sie nicht zu lange bleiben.«

»Aber ... was, was stimmt denn dann mit Lia nicht?«

Ich sah in die Richtung, die sie zeigte. Nicht weit entfernt lag eine Gestalt auf dem Boden, ein schlaffer, gemarterter Körper, in dem weder Leben noch Seele übrig waren.

»Lia!«

In diesem einen Wort, diesem einen Namen, lag so viel Verzweiflung, dass es nicht Bravitas Stimme sein konnte, auch wenn es ihr Mund war, aus dem der Ruf kam. Blutsschwester selbst stieß ein schmerzerfülltes Röcheln aus, kippte um und wand sich krampfend im Staub. Eine Menge halb toter Egel – so um die Hundert Stück – fielen von ihr ab und starben ganz. Dann schrie sie auf, sie brüllte, ungehemmt, unkontrollierbar, halb Tier, halb Mensch. Sie trat um sich, rollte herum und dann platzte etwas. In einem leuchtenden Blitz aus Knochen, Fett und Blut kam ... kam ... etwas zum Vorschein. Es lag nicht mehr nur eine Gestalt im Staub. Es waren zwei. Ilja hatte sich befreit. Sie kroch durch den Staub zu Lia und zog sie an sich. Lautes Schluchzen erschütterte ihren Körper.

Denn sie hatte einen Körper. Sie sah sich selbst verblüffend ähnlich, höchstens ein bisschen mitgenommen und nicht mehr so mollig. Was wir eben mit eigenen Augen mitangesehen hatten, war nicht so sehr ein Seele-aus-dem-Körper-Erlebnis, sondern eher das Gegenteil – ein Körper, der sich von einer Seele befreit hatte.

»Lia«, schluchzte sie. »Kleine Lia. Komm zurück zu deiner Mama.«

Der zerstörte Körper gab kein Lebenszeichen von sich.

»Es gibt mehr als eine Art, tot zu sein«, murmelte ich zu mir selbst. Oscar warf mir einen scharfen, fragenden Blick zu, aber ich hatte keine Lust, es zu erklären. Ich dachte an Tante Isa und ihren erstarrten Hexenkreis. Ich konnte stehen, gehen und sprechen, zumindest hier im Tal des Staubs, aber ich hatte gemerkt, wie mein eigenes Herz stehen geblieben war – und es schlug auch jetzt nicht. Lia hingegen ... sie war schon tot, bevor wir hierherkamen, und vielleicht war sie nun deshalb eine Leiche in den Armen ihrer trauernden Mutter.

Und Blutsschwester ... sie war viel kleiner geworden, dünner, durchsichtig und leer wie eine Schlangenhaut. Sie lag auf der Erde wie ein notdürftig bedeckter Knochenhaufen und ihr Gesicht sah aus, als hätte jemand ein Bild von ihr auf eine Plastiktüte gemalt und über ihren nackten Schädelknochen gestülpt.

Aber sie begann, sich zu regen, und ich wusste, dass er noch immer da war – der rasende, gierige Wille, der sie seit Jahrhunderten immer wieder dazu gebracht hatte, ihre Hände nach dem Leben auszustrecken.

»Bildet einen Kreis«, sagte ich. »Jetzt – bevor sie wieder aufsteht.«

Dieses Mal war es leichter. Alle wussten jetzt, wie es ging und dass sie es konnten – auch Nichts und Oscar. Und vielleicht war es auch einfacher an einem Ort wie diesem, wo die »Wirklichkeit« nicht so fest und greifbar war wie zu Hause.

Der Kraftkreis knisterte und wurde lebendig. Sein Schimmer war blasser, weniger rote Flamme als blauweißer Blitz, aber das machte ihn nicht weniger kräftig. Bravita war wieder gefangen und sie wusste es. Ein trotziger Funke glomm in den toten Augen, aber sie sagte nichts.

Und noch etwas war anders. Die Wildgesangstöne hatten einen langen, intensiven Nachklang, man musste nicht die ganze Zeit singen, um die Melodie und deren Kraft aufrechtzuerhalten.

»Lasst uns gehen«, sagte ich zwischen zwei langen Tönen.

»Wohin?«, fragte Oscar.

»Wir müssen die letzte Brücke finden«, sagte ich.

»Und ... wissen wir wenigstens ungefähr, wo wir hinmüssen?«

»Ich glaube, die Richtung ist ziemlich egal«, sagte ich. »Sie taucht auf, wenn man ... bereit ist.«

Wir gingen los und Blutsschwester blieb nichts anderes übrig, als uns zu folgen. Ich weiß nicht, ob es ihr schwerfiel, sich auf den Beinen zu halten, oder ob es ihr wehtat, ob sie im Begriff war, zusammenzubrechen oder nicht. Es war bestimmt nicht leicht, auf Beinen zu laufen, die am ehesten an ein Skelett erinnerten. Aber sie hatte mein Herz mit ihrem Angriff gestoppt – und es konnte wohl niemand erwarten, dass ich ohne ein lebendes Herz in der Brust Mitleid empfand. »Du hast gesagt, die Lebenden dürften nicht zu lange hierbleiben«, sagte Nichts, nachdem wir ein Stück gegangen waren. »Woher weiß man, wann es ›zu lange‹ ist?«

Das war eine gute Frage. Ich war mir ziemlich sicher, dass es hier nie Morgen wurde. Diese kalten Sterne hatten so etwas Unverrückbares an sich, etwas Unveränderliches. Meine Augen hatten sich inzwischen an das fahle Halbdunkel gewöhnt, sodass ich sehen konnte, dass der Horizont sich in die falsche Richtung wölbte. Anstatt sich nach unten zu biegen, weil die Erde ein gigantischer Ball war, bog er sich, als wären wir *in* einer Kugel. Ich musste an diese kleinen Glaskugeln denken, in denen es schneit, wenn man sie schüttelt. Das hier war so ein Ort, nur mit Staub anstelle von Schnee und ohne niedliche Plastikhäuschen oder Schneemänner.

Es war seltsam. Wir gingen ewig – so fühlte es sich zumindest an –, ohne irgendetwas an diesem verkehrten Horizont zu entdecken. Und dann waren wir ganz plötzlich da. Der Staub wirbelte hoch, er erhob sich vor unseren Augen in Kaskaden und bildete eine turmhohe gewölbte Brücke. Eine Brücke aus Asche und Staub. Erst nur eine Luftspiegelung ohne feste Form, dann genauso real wie Fleisch und Blut, Stein und Sterne. Wir hatten die zweite Brücke erreicht.

Bravitas skelettartiges Gesicht wirkte unterdessen ganz tot. Da waren kein schlagender Puls mehr, keine kleinen Muskeln, die sich zusammenzogen oder entspannten. Ohne das alles war ihr Gesicht nicht mehr als eine Maske, der nichts mehr Leben, Ausdruck und Persönlichkeit verlieh.

»Weißt du überhaupt, was du da tust, kleine Hexe?«, fragte sie, und zum ersten Mal klang sie mehr müde als wütend.

»Ja«, log ich.

»Ich hätte das Schicksal der Wilden Welt ändern können.«

»Das weiß ich. Aber … du warst gierig und rücksichtslos. Du hast zu viele Leben gestohlen.«

Sie hob den Kopf und das kalte, blaue Sternenlicht fiel gleichmäßiger über ihre toten Züge.

»*Ich* war zu gierig?«, fragte sie. »*Ich* habe zu viele Leben gestohlen? Bist du wirklich so blind, kleine Hexe, dass du nicht sehen kannst, dass das, was ich genommen habe, ein Sandkorn in der Wüste ist, verglichen mit dem Leben, das deine dummen, blinden Artgenossen ohne jede Rücksicht zerstören? Jeden Tag, jede *Stunde* schrumpfen sie die Wilde Welt, Tiere und Tierarten sterben aus. Dein kleiner Affenfreund wird sehr bald sehr einsam sein. Der Luchs, der dir in den Schildhag gefolgt ist, ist der Letzte seiner Art. Genauso die spielverrückte Otterfamilie – ach, du dachtest vielleicht, ich könnte nicht hinter den Schild blicken? Ich habe mir deine Augen geliehen, kleine Hexe, wenn du geschlafen oder es nicht bemerkt hast. Der Bison, der in deiner Dreizehnjahrsnacht zu dir gekommen ist … wo ist seine große Herde jetzt? Solcher Art ist die Gier, die du bei jenen findest, die in der Wilden Welt drauflosmorden – sie töten nicht, um zu essen oder zu überleben, sondern nur weil ihnen die Tiere und Pflanzen im Weg sind oder weil sie sie ausbeuten können, für den Überfluss, den die Menschen begehren. Wenn du zulässt, dass sie so weitermachen, dann trägst *du* die Schuld für den Tod der Wilden Welt.«

Die kalten Sterne standen reglos am Himmel und Bravitas Worte bohrten sich in mein Inneres und setzten sich dort fest, wo mein Herz nicht mehr schlug. Ich konnte ihr nicht widersprechen. In diesem Moment konnte ich nicht einmal die Sicherheit wiederfinden, die ich verspürte, als ich zu Dr. Yuli gesagt hatte, dass Blutsschwester nicht die Antwort sein konnte. Denn was, wenn sie es doch war? Was, wenn die Wilde Welt ausgerechnet eine Bravita Blutsschwester brauchte, um zu überleben?

»Hier ist mein Versprechen an dich«, fuhr sie fort »Es ist nicht einmal ein Fluch, ich brauche nicht länger Blutkunst oder Wildhexenkraft in meine Worte zu legen, denn es wird so kommen, ganz gleich, ob ich es mir wünsche oder nicht. Kehre du nur zurück ins Leben – und wisse, dass dies nun deine Verantwortung ist. Jedes Mal wenn ein Tier stirbt oder ausstirbt, nur weil die Menschen so maßlos sind, dann trägst du die Verantwortung. Und wenn du nicht kämpfst, um ebendie zu retten, die nicht länger stehen können, solange noch ein einziger Atemzug oder Tropfen Blut in deinem Körper ist – dann hast du sie und mich verraten. Denn dann hättest du mich leben lassen müssen, damit ich es besser machen würde.«

Ich schüttelte langsam den Kopf. Gleich sollte sie es erfahren ... ich hätte nur zu gerne für den Rest meines Lebens um die Wilde Welt gekämpft – hätte ich die Möglichkeit gehabt, ein Leben zu führen.

»Das muss ein anderer tun«, sagte ich tonlos. Ich ließ das Licht des Kraftkreises zwischen meinen Händen verlöschen und nahm stattdessen Blutsschwesters knochendünne Finger. »Komm, Bravita. Du musst jetzt nach Hause.« Ich setzte einen Fuß auf den ersten Stein der Brücke.

»Du?«, fragte sie und versuchte, ihre Hand zurückzuziehen. »Willst *du* mich hinüberbegleiten? Auf keinen Fall. So leicht wirst du deiner Verantwortung nicht entgehen.«

Aber sie konnte sich nicht losreißen. Ich glaube gar nicht so sehr, dass das an meinen Kräften lag, sondern viel mehr an denen der Brücke. Ich musste mich nicht anstrengen, um sie festzuhalten, es war, als wären wir durch unsichtbare Handschellen aneinandergekettet.

»Clara! Was tust du da?«, rief Oscar plötzlich. »Du kannst doch nicht einfach ohne uns weitergehen?«

»Wenn du über diese Brücke gehst, kehrst du nie wieder zurück!«, protestierte Kahla.

»Das darfst du nicht«, sagte Nichts. »Du bist meine Freundin, und ... und ... wenn jemand über diese Brücke gehen muss, dann ist es besser, wenn ich das mache.«

Arkus starrte mich nur mit großen, traurigen Augen an. Auch Katerchen sagte nichts, nicht richtig zumindest. Er sprang nur auf meine Schulter und gab mir zu verstehen, dass er mitkommen wollte, egal wohin ich ging.

Ich schüttelte den Kopf.

»Das geht nicht, kleiner Kater«, sagte ich. »Du musst mit den anderen zurückkehren und deine neun Katzenleben leben.«

Er legte den Kopf in den Nacken und stieß einen klagenden Katzenschrei aus, der gar nicht wieder aufhörte. Es traf mich tief in der Seele. Als ich ihn von meiner Schulter hob, hing er schlaff und knochenlos in meiner freien Hand, ohne Widerstand, aber auch ohne mitzuhelfen. *Mit*, bat er noch einmal.

»Nein.« Ich legte ihn Oscar in den Arm. »Pass gut auf ihn auf.«

Oscar sah aus, als hätte ihm jemand mit dem Fleischhammer auf den Kopf geschlagen.

»Das ist nicht dein Ernst«, sagte er. »Du kannst doch nicht einfach ... mit ihr gehen ... in ... in den Tod?«

»Ich habe keine Wahl«, sagte ich. »Als Bravitas Angriff mich traf, hat mein Herz aufgehört zu schlagen. Schon seit wir hier im Tal des Staubs sind, habe ich nicht einen einzigen Herzschlag gespürt. Ich bin mir ziemlich sicher, dass ich längst tot bin. Wenn ich Bravita mit mir nehme, dann ... dann habe ich wenigstens *etwas* erreicht.«

Sein Gesicht war wie versteinert und untröstlich, ich wollte so gerne irgendetwas sagen, das ihm helfen würde.

»Es ... es gibt so viele Arten tot zu sein«, sagte ich und hoffte, dass ich nie so werden würde wie Blutsschwester. »Vielleicht sehen wir uns trotzdem ... irgendwo an einem anderen Ort.«

Ich glaubte selbst nicht daran. Ich wusste nicht, was uns auf der anderen Seite der Brücke erwartete, aber irgendetwas an dem Ganzen schrie lauter »Einbahnstraße«, als es noch das am hellsten leuchtende Straßenschild hätte tun können. Hier gab es keinen Weg zurück. Ich würde meine Eltern nie mehr wiedersehen. Ich würde nie eine tüchtige, erwachsene Wildhexe werden, die ihren Wildhag hütete und sich bemühte, die Wilde Welt zu schützen. Und ... ich würde auch niemals herausfinden, ob ich Oscar nur freundschaftlich liebte oder ob da nicht doch mehr zwischen uns war.

Es war jetzt schon so schwer. Wenn ich noch länger stehen blieb, würde es unmöglich werden.

»Komm, Bravita.«

Ich zog an der Hand, die ich hielt, und sie konnte nicht länger stehen bleiben. Langsam gingen wir los, weiter über die Brücke.

21 DIE LETZTE BRÜCKE

Asche, Staub und Stein. Der Brückenbogen ragte so steil in den Himmel, dass es beim Gehen in den Waden zog, aber selbst von ganz oben konnte ich nichts anderes sehen. Nicht einmal Sterne. Ich hatte wirklich auf etwas Verheißungsvolleres gehofft. Den Traumwald zum Beispiel, in den Kimmie und ihre Schwester gewandert waren. Dort hätte ich es gut aushalten können.

Bravita blieb stehen. Ihr Gesicht wirkte seltsamerweise nicht mehr ganz so tot wie gerade noch. Sie sah müde aus und beinahe … menschlich.

»Lass nur los«, sagte sie. »Du musst mich nicht den ganzen Weg begleiten. Es ist mir lieber, du kehrst um und tust, was du mir versprochen hast.«

»Ich habe dir nichts versprochen«, sagte ich unsicher.

»Nicht? Ich war mir sicher, eine kleine Stimme gehört zu haben, die sagte, dass du gerne für den Rest deines Lebens für die Wilde Welt kämpfen würdest.«

»Dann kannst du bestimmt auch hören, dass mein Herz nicht mehr schlägt«, sagte ich wütend. »Du selbst hast mich umgebracht. Und ich lasse dich erst dann los, wenn wir beide diese Brücke überquert haben.«

Aber sie beachtete mich nicht länger. Ihr müder Blick starrte an mir vorbei und ich glaubte einen Funken Verwunderung darin zu erkennen.

»Was …«

Ich drehte mich ein kleines Stück um und entdeckte, dass jemand auf dem Weg über die Brücke war. Die Gestalt ging langsam und schwerfällig, als ob sie gegen heftigen Wind ankämpfen musste. So war es weder für mich noch für Bravita gewesen.

Es war Ilja. Die Röcke wirbelten wild um ihre Beine und sie sah vollkommen wahnsinnig aus.

»Mörderin!«, schrie sie. »*Du* hast mein kleines Mädchen getötet!«

Ich? Ich hatte doch nicht … Verwechselte sie mich mit meiner Mutter? Begriff sie nicht, dass ihr kleines Mädchen gar nicht gestorben, sondern abgehauen war, um ihr Leben zu leben?

Dann endlich kapierte ich, dass ihr Rachedurst nicht mir galt, sondern Blutsschwester. Zu ihr wollte sie. Natürlich hatte sie den Tod der erwachsenen Lia gemeint.

Die Steine der Brücke kamen unter ihren Füßen ins Rutschen, für jeden zweiten Schritt vorwärts glitt sie einen Schritt zurück. Der Brückenboden, der sich eben noch so solide angefühlt hatte, schwankte bedrohlich. Jetzt spürte auch ich den Wind, der ihre Haare und Kleider gegen Hals und Beine schlagen ließ wie Fahnen am Mast. Was geschah hier?

Sie erreichte den höchsten Punkt der Brücke, wo wir standen.

»Stirb, du Teufel«, zischte sie. »Stirb – und nimm mich mit, damit ich bei meiner Lia sein kann.«

Sie zwängte sich zwischen mich und Bravita und versetzte mir einen Stoß mit dem Ellenbogen. Der Stoß traf mich mitten auf dem Brustkorb. Dort drinnen machte etwas einen schmerzhaften Satz.

»Lass mich los«, fauchte Bravita. Ich wusste nicht so recht, ob es mir oder Ilja galt.

Dann ertönte ein Grollen, das mich an Erdbeben und fernen Donner erinnerte. Die Brücke bebte. Der Wind war so voller Staub und Asche, dass ich die Augen zusammenkneifen musste und kaum noch Luft bekam.

Luft? Man schnappte doch nicht nach Luft, wenn das Herz nicht mehr schlug, oder?

Ich konnte den Gedanken nicht mehr ordentlich zu Ende denken.

Die Brücke unter mir verschwand. Die großen Steine wurden nach oben und unten geschleudert und flogen durch die Luft wie welke Blätter bei einem Herbststurm. Ich wurde ein paarmal getroffen und mir wurde bewusst, dass ich, ohne es zu merken, Bravitas Hand losgelassen hatte. Ich stieg nach oben, stieg und stieg zwischen den schwebenden Steinblöcken höher, getragen von einer Kraft, die der Energie ähnelte, die durch mich hindurchgeströmt war, als die tausend Tiere mir geholfen hatten, den Schildhag zu errichten. Unter mir sah ich, wie Blutsschwester und Ilja in die Tiefe stürzten, als eine verwobene Gestalt, wo vorher zwei gewesen waren. Ich wurde weiter hochgewirbelt und konnte nicht mehr sehen, was geschah, als die beiden den Boden erreichten, aber es kam mir so vor, als hätte sich etwas geöffnet, als hätte sich der Staub erhoben und sie verschluckt. Vielleicht hatte irgendetwas, oder irgendjemand, sie in Empfang genommen? Ich war mir nicht sicher. Der Sturm um mich herum war jetzt so gewaltig, dass ich die Augen ganz schließen musste und keine Ahnung hatte, wohin er mich trug. Ich wusste nur, dass ich sterben würde, wenn ich nicht bald die Möglichkeit bekam zu atmen. Mein Körper schrie nach Luft, mein Herz verkrampfte sich und tat so weh, dass ich mir fast wünschte zu sterben.

Aber ich wusste, dass ich nicht tot war. Nicht mehr.

Ich landete mit einem Krachen. Die Nebel der Wilden Wege flackerten und wirbelten um mich herum, aber weniger hitzig.

»Jetzt komm schon!«, schrie Oscar und hämmerte mir auf die Brust. »Hol … endlich … Luft …!«

Und endlich – *endlich* – strömte Luft in meine Lunge und wieder hinaus. Mein Herz machte einen Satz, zögerte – und dann schlug es wieder. Ich lag mit halb geöffneten Augen da, ohne viel sehen zu können, aber ich roch den versengten Gestank von stark gegrilltem Fleisch, den ich auch schon wahrgenommen hatte, nachdem mich Bravitas Angriff getroffen hatte.

Es verging eine Weile. Ich glaube, ich glitt immer wieder in die Bewusstlosigkeit, immer wieder von einem »Etwas« in ein »Nichts.«

Jemand hob mich hoch und trug mich. Eine Trage rasselte unter mir. Meine Haut brannte, als hätte ich stundenlang zu dicht am Feuer gestanden. Und jemand sagte:

»Das muss ein Blitz gewesen sein. Sieh dir diese Verbrennungen an …«

»Sorg einfach dafür, dass das Herz weiterschlägt«, entgegnete ein anderer. »Der Rest heilt dann schon mit der Zeit.«

Ich träumte, dass ich immer noch im Tal des Staubs war. Ich wanderte rastlos durch den Aschestaub und konnte die Brücken nicht finden. Weder die zurück ins Leben noch die, die ins Totenreich führte. Ich war schon viel, viel zu lange hier. Tage. Wochen. Jahre. Ewigkeiten. Oder war es doch nur ein Augenblick? Ich hatte keine Möglichkeit, Sekunden oder Tage zu zählen, weil ich weder einen Puls noch einen Herzschlag hatte und am Himmel nur reglose, kalte Sterne standen. Dann sah ich, wie aus der Ferne jemand auf mich zukam. Ich konnte nicht erkennen, wer es war, aber ein Funken Hoffnung entzündete sich in meiner stummen, kalten Herzkammer. Es war mein Hexenkreis. Sie waren zurückgekommen, um mich zu holen. Oder? Nein. Doch nicht. Das dort waren fünf Personen. Und wäre es mein Hexenkreis gewesen, wäre die fünfte Person schließlich ich selbst gewesen. Und was flatterte da über ihren Köpfen? War das ein Geier?

Nein. Zum Glück nicht. Es waren zwei schwarze Vögel auf breiten Schwingen … sie ähnelten Raben.

Die fünf aus dem fremden Hexenkreis liefen mir entgegen, aber sie sahen mich nicht. Als Erste Tante Isa, aber nicht Tante Isa, so wie ich sie kannte … ihr Blick war fern und leer und fest auf die beiden Raben gerichtet, die vorausflogen und ihr den Weg zeigten. Ihre große, sehnige Gestalt bewegte sich seltsam schwerelos, wie ein Astronaut bei einer Mondwanderung. Meister Millaconda, Kahlas Vater, folgte ihr mit demselben seltsamen Schritt und sein langer Kamelhaarmantel schwebte um ihn herum, dass man den Eindruck hatte, dass er ihn gar nicht berührte, sondern nur … in dieselbe Richtung unterwegs war. Frau Pomeranze blickte geradeaus, über den Rand ihrer Brille hinweg, sie wirkte weder wütend noch freundlich, nur entschlossen.

Shanaia war am nächsten daran, mich zu entdecken. Sie drehte den Kopf in meine Richtung und es kam mir vor, als hätte sie irgendetwas registriert, aber sie fokussierte dennoch auf die verkehrte Stelle – erst sah sie hinter mich, dann viel zu weit nach links.

»Shanaia!«, rief ich, aber obwohl ich selbst meine Stimme hören konnte, reagierte sie nicht. Ihre schwarzen Haare wehten, obwohl es völlig windstill war, und das Sternenlicht spiegelte sich fahl in den Nieten ihrer abgeschnittenen Handschuhe und glänzte auf den langen, silbern lackierten Fingernägeln, die daraus hervorblitzten.

Zuletzt kam Herr Malkin. Sein Anblick machte mir Angst, aber ich kapierte erst gar nicht weshalb. Dann wurde mir bewusst, dass der Sternenschimmer gleichsam durch ihn hindurchströmte. Er war fast genauso durchsichtig wie Grimeas Buchgespenst, und seine Schirmmütze und der gepflegte Tweed-Anzug sahen gruseligerweise viel solider und wirklicher aus als er selbst.

Er ist von allen dem Tod am nächsten, dachte ich unwillkürlich und blickte prüfend an mir selbst herunter. Ich trug nicht mehr meine eigenen Kleider, sondern einen losen weißen Kittel, der mir nur noch mehr Angst machte, weil er genauso aussah wie die Sachen, in denen ein Gespenst herumgeistern würde.

Sie liefen dicht an mir vorbei. Als ich versuchte, ihnen zu folgen, versank ich im Staub, als wäre er Treibsand.

»Tante Isa!«, rief ich. »Shanaia! Frau Pomeranze! Wartet!«

Keine von ihnen beachtete mich. Der Staub erhob sich wie ein wirbelnder Tornado, es ertönte ein einzelner rufender Rabenschrei und dann waren sie weg. Menschen und Raben.

Sie hatten eine Brücke gefunden – aber ich wusste nicht, ob es die war, die ins Leben führte, oder die, die sie den letzten Schritt in den Tod bringen würde.

Als ich endlich wieder richtig zu mir kam, waren viele Tage vergangen. Ich lag in einem Krankenhausbett, einen Arm mit einem weichen Verband an das Bettgitter gebunden. Mir tat noch immer alles weh, aber der Schmerz war seltsam wattig, so als stünde etwas zwischen ihm und mir. Ich trug kein Gespensterkleid mehr, sondern einen ganz gewöhnlichen Krankenhauskittel. Ich hörte ein leises Summen. Jemand war bei mir, hielt meine Hand und summte einen Wildgesang für mich, so leise, wie es überhaupt nur geht.

Ich öffnete die Augen.

Da saß Tante Isa und sang für mich. Sie sah selbst aus, als gehörte sie eher in ein Bett als daneben. Ihre Haare waren grauer geworden und ihre Augen wirkten ein wenig abwesend, so als wäre ein Teil von ihr noch nicht mit dem Rest in die Zeit und das Leben zurückgekehrt.

»Tante Isa«, sagte ich – meine Stimme war nicht mehr als ein heiseres Flüstern.

»Ja«, sagte sie. »Zurück unter den Lebenden. Genau wie du.«

Ich war so froh. Wenn sie hier war, dann waren sie nicht auf dem Weg ins Totenreich gewesen, sie und die anderen. Ihre Hand war warm und fest und ich wusste, dass sie mich nicht loslassen würde. Zum ersten Mal seit … oh, keine Ahnung, aber es waren bestimmt Tage und Nächte vergangen … also, zum ersten Mal seit sehr langer Zeit fühlte ich mich geborgen und in Sicherheit vor den Albträumen. Ich freute mich natürlich auch wahnsinnig darauf, meine Eltern zu sehen und Oscar und den Rest meines Hexenkreises, aber in diesem Augenblick war es einfach nur vollkommen wunderbar, die Hand meiner Wildhexentante zu halten und zu wissen, dass jetzt alles gut war und dass sie bei mir bleiben würde, bis es nicht mehr wehtat.

22 WILDHEXENVERSPRECHEN

Später erfuhr ich, dass Arkus und Kahla fast schon Meuterei im Rabenkessel begangen hatten, als sie entgegen »dem ausdrücklichen Willen der Rabenmütter« die letzten Raben »einer unangemessenen Gefahr aussetzten«, um Tante Isa, Kahlas Vater und den Rest des Hexenkreises aus der erstarrten Zeit zu wecken. Sie hatten sich zu den reglosen Körpern geschlichen und mit Eryas Hilfe herausgefunden, wie sie die Zeit entwirren und Tante Isa und die anderen zurück ins Leben bringen konnten. Als ich das hörte, wurde mir klar, dass mein letzter Albtraum vielleicht doch nicht nur ein Traum gewesen war, sondern dass die Raben, die ich im Tal des Staubs gesehen hatte, Erya und ihr Männchen gewesen waren, auch wenn sie in meinem Traum groß und erwachsen ausgesehen hatten. Valla schäumte deswegen immer noch vor Wut, aber es war schwer, ein paar junge Wildhexen aufzuhalten, die das Tal des Staubs und die letzte Brücke gesehen hatten und lebend von dort zurückgekehrt waren.

»Ich wusste, dass die Ärzte dich ohne ein wenig Hilfe nicht richtig heilen können«, sagte Kahla, als sie und Oscar zu Besuch kamen. »Und ich war mir sicher, dass Isa am besten zu dir durchdringen würde. Sie kann auch viel besser als ich so tun, als wäre sie ganz normal. Ich dachte mir, so gibt es weniger Aufsehen.«

»Ist mit deinem Vater alles in Ordnung?«, fragte ich.

Sie strahlte über das ganze Gesicht und nickte.

»Er ist müde und noch ein bisschen wackelig auf den Beinen, aber er wird von Tag zu Tag kräftiger. Herrn Malkin hat es am schlimmsten erwischt, aber ihm geht es mittlerweile auch wieder einigermaßen gut. Und … ich glaube, mein Vater ist wahnsinnig erleichtert, dass er mich nicht mehr belügen muss.«

Oscar duckte sich ein wenig und wollte mir nicht richtig in die Augen sehen. Diese Sache mit Liebespaar-oder-nicht hing zwischen uns … wie ein Wilde-Wege-Nebel, in dem man sich kaum zurechtfinden konnte.

»Geht es dir gut?«, fragte er.

»Ja, viel besser.«

»Wir haben Lias Familie wiedergefunden«, sagte er. »Es war … nicht leicht, ihnen zu erzählen, dass … dass Lia nicht mehr zurückkommen würde. Aber, auch wenn es seltsam klingt – ich glaube, er wusste es. Also Devan. Er hat uns erzählt, dass sie ihm immer gesagt hätte, dass sie eines Tages gezwungen sein würde, ihn zu verlassen.«

»Aber sie hat ihm auch versprochen zurückzukommen«, sagte ich. »Falls sie noch kann. Aber jetzt kann sie leider nicht mehr.«

»Wir haben die Harfe gefunden und sie ihnen mitgebracht«, ergänzte Kahla. »Das Mädchen, Tilly, spielt jetzt darauf. Und manchmal klingt ihre Musik wirklich ganz genau wie die von Lia. So sehr, dass man es kaum glauben kann …«

Sie führte den Satz nicht zu Ende, aber ich verstand, was sie meinte.

»Die Harfe und die Musik, die sie darauf spielte, waren ihr Leben und ihre Seele«, sagte ich. »Um das zu bekommen, hatte sie vor Ilja flüchten müssen. Da ist es vielleicht gar nicht verwunderlich, dass ein Teil von ihr immer noch in diesen Klängen steckt.« So wurde der Gedanke an ihren Tod zumindest ein bisschen erträglicher.

»Wir haben wirklich Glück«, sagte ich leise. Denn jetzt hatten wir zumindest die Zeit und die Möglichkeit herauszufinden, ob es besser war, wenn wir Freunde blieben wie bisher oder … oder ob das ganze Gerede von »Clara-und-Oscar-sind-ein-Liebespaar« vielleicht doch nicht so verkehrt war, wie wir gedacht hatten – wie *ich* gedacht hatte.

Ich hatte reichlich Zeit zum Nachdenken, während ich im Krankenhaus lag. Als ich endlich entlassen wurde, mit schmerzhaften hellroten Narben, wo die Verbrennungen am schlimmsten gewesen waren, und dem intensiven Gefühl, ungewöhnlich viel Glück gehabt zu haben, weil ich immer noch am Leben war, bat ich Mama, mich zu Tante Isa zu fahren.

»Damit sie mir helfen kann, ganz gesund zu werden«, sagte ich und Mama protestierte nicht.

»Wichtig ist nur, dass du dich erholst«, sagte sie. »Und dass du nach Hause kommst, wenn du wieder kannst.«

Es war Sommer geworden, während ich im Bett lag und meine Haut heilte. Auch die Verbindungen zwischen Gehirn und Muskeln hatten sich regeneriert, die bei dem »Blitzeinschlag« verschmort worden waren. Ich konnte wieder laufen und Dinge heben, solange sie nicht zu schwer waren, aber meine Finger rutschten noch ab, wenn ich versuchte, kleine Sachen festzuhalten – einen Bleistift zum Beispiel. Ich bekam schnell Kopfschmerzen und es rauschte in meinen Ohren, wenn Tante Isa nicht ein paarmal am Tag für mich sang. Das wusste Mama natürlich.

Die Reste des Schildhags hielten immer noch. Man konnte das Haus sehr wohl finden, wenn man wusste, wo es stand, aber zufällig vorbeikommende Wanderer bemerkten es nicht, erzählte Mama.

»Es ist, als würden sie daran vorbeischauen, obwohl sie eigentlich genau davorstehen.«

Tumpe stürmte aus dem Haus, sobald er das Auto hörte. Und kaum dass ich die Tür geöffnet hatte, sprang mir ein Katerchen entgegen, das fast ein ganzes Kilo schwerer geworden war, seitdem ich ihn das letzte Mal gesehen hatte.

Meine-meine-meine-meine-meiiiiiine, maunzte er und rieb sein raues Kinn an meinem Hals, sodass seine Schnurrhaare pikten und kitzelten. Manchmal, wenn die Nächte im Krankenhaus schwierig und einsam waren, hatte ich mir selbst erlaubt, mich wenigstens für einen kurzen Moment zu ihm zu schleichen, aber als dabei sämtliche Apparate ausflippten, musste ich ganz schnell zurück und allen erklären, dass es wirklich nicht nötig war, mich zum Hirn-Scan oder zu anderen lustigen Untersuchungen zu bringen.

Nichts kam zusammen mit Tante Isa aus dem Haus geflattert – also, natürlich flatterte nur Nichts, Tante Isa ging in aller Seelenruhe, ganz so wie immer.

»Ich habe einen Namen gefunden, ich habe einen Namen gefunden«, jubelte Nichts. »Willst du ihn hören?«

»Natürlich!«

Sie hielt inne und sah plötzlich unsicher aus.

»Versprichst du, nicht zu lachen?«

Ihr kleines, zartes Gesicht war ernst und verletzlich zugleich.

»Natürlich«, sagte ich wieder.

»Ich möchte gerne … Amica heißen.«

»Das klingt schön«, sagte ich, enorm erleichtert, dass sie endlich eine Entscheidung getroffen hatte. »Aber wieso hast du dir gerade diesen Namen ausgesucht?«

»Weil … weil er ›Freundin‹ bedeutet. Und wenn man jemandes Freundin ist – dann ist man nicht nichts.«

Es war ein bisschen schwierig, Ni… *Amica* zu umarmen, weil man sie entweder ganz auf den Arm nehmen oder sie selbst hochflattern musste, und dann kamen einem die Flügel leicht in die Quere. Aber es gelang. Ihr Gefieder war weich und fein und sehr sauber und gepflegt und sie freute sich über die Umarmung und darüber, dass mir ihr Name gefiel.

»Deine Tante Isa mag ihn auch«, sagte sie stolz. »Nicht wahr?«

»Ja«, sagte Tante Isa. »Ich finde, er ist genau richtig für dich. Amica Ask. Das passt gut zusammen und man sieht sofort, dass wir eine Familie sind.«

Ich blieb einen Moment still auf dem Hof stehen, während die Sonne meinen Rücken wärmte. Um mich herum schwirrte das Leben, das merkte ich mit meinem Wildsinn. Und tatsächlich, irgendwo im Wald war ein Luchs, eine Otterfamilie planschte im Bach und ein Bison stand unter den Fichten und scheuerte sich am Stamm, um die letzten Reste seines verfilzten Winterfells loszuwerden.

»Sie sind immer noch hier«, sagte ich zu Tante Isa.

»Ja«, sagte sie. »Darüber würde ich gerne noch mit dir sprechen. Hattest du vor, meinen Wildhag zu einer Art Reservat für bedrohte Tierarten zu machen?«

»Das habe ich gewissermaßen versprochen«, sagte ich, ohne zu erwähnen, wem ich dieses Versprechen gegeben hatte. »Ich kann es auch irgendwo anders einrichten, aber … der Schildhag ist ja schon da. Wir müssten ihn eigentlich einfach nur ein wenig ausweiten.«

»Einfach nur?« Sie hob eine Augenbraue. »Wenn das etwas ist, was du mal eben ›einfach nur‹ machst, dann bist du mir über den Kopf gewachsen, Clara-Maus.«

Das war der Kosename, den meine Mutter für mich hatte, und keiner, den meine Tante normalerweise benutzte. Ich denke, sie wollte mich ein bisschen damit aufziehen.

»Ich glaube wirklich, dass es möglich ist«, sagte ich, wenn auch ein bisschen weniger vorlaut. »Wenn wir alle zusammenhelfen.«

Katerchen rieb seinen Kopf an meiner Wange, noch fester als vorher.

Meine, schnurrte er. Und wenn man mit der Zeit ziemlich gut gelernt hat, Katzensprache zu verstehen, dann weiß man, was das bedeutet:

Du brauchst keine anderen. Du hast mich.

Aber nur dieses eine Mal würde die Katze nicht das letzte Wort haben.

»Wir helfen uns gegenseitig«, sagte ich fest. »Alle zusammen.«

LENE KAABERBØL, 1960 in Kopenhagen geboren, ist eine der bekanntesten dänischen Kinderbuchautorinnen. Sie wird von der Presse und vom Publikum gleichermaßen geschätzt. Ihr erstes Buch veröffentlichte sie mit 15 Jahren, seitdem hat sie über 30 Bücher für Kinder- und Jugendliche geschrieben, die in 25 Sprachen übersetzt wurden. Lene Kaaberbøl war bereits mehrfach für den Hans-Christian-Andersen Preis nominiert, zuletzt 2014. Ursprünglich als Trilogie geplant, wurde die erfolgreiche Wildhexen-Serie mittlerweile auf sechs Bände erweitert. In Dänemark stand sie monatelang auf der Bestsellerliste und wurde mit dem Orla-Preis 2012 ausgezeichnet, dem größten Preis des staatlichen dänischen Fernsehens. 2014 sind die ersten drei Bände im Hanser Kinderbuch erschienen: *Die Feuerprobe, Die Botschaft des Falken* und *Chimäras Rache*. 2015 folgen die Bände *Blutsschwester, Das Labyrinth der Vergangenheit* und *Das Versprechen*.

FRIEDERIKE BUCHINGER, 1973 geboren, hat in Heidelberg und Hamburg Germanistik und Skandinavistik studiert. Sie übersetzt vor allem Kinder- und Jugendbücher aus dem Dänischen, Schwedischen und Norwegischen ins Deutsche. 2011 war sie für den Deutschen Jugendliteraturpreis nominiert. Von der Wildhexen-Serie hat sie bereits die Bände 1, 2 und 5 übersetzt.

erscheint als Hörbuch bei Igel Records,
gelesen von Ulrike C. Tscharre